Miss Frizz

L'étincelle blanche

Biographies

L'auteur : Lia Celi vit en Italie. Elle aime les livres, les gâteaux, les chats et les films en noir et blanc. Ses trois enfants se demandent comment elle trouve le temps d'être journaliste, traductrice et auteur, parce qu'elle en a toujours pour cuisiner et faire le ménage !

L'illustratrice : Sophie Lebot est née à Rennes. À 18 ans, des pinceaux dans les cheveux et des pastels plein les poches, elle est venue à Paris pour apprendre le dessin. Depuis, cette petite femme fluette, pipelette et assez coquette vit dans l'Oise, et passe son temps à illustrer des albums et des romans, publiés aux éditions Milan et Lito.

L'éditeur remercie vivement Émilie Polidor,
entraîneur de patinage artistique, diplômée d'État BEES 1er degré,
pour sa relecture attentive.

Titre original : Ice Magic – *Un sogno si avvera*

Dépôt légal : février 2012
ISBN : 978-2-7470-3737-2
Maquette : Fabienne Vérin
Loi n° 49-956 du 16 juillet 1949 sur les publications destinées à la jeunesse.
Imprimé en Espagne chez Novoprint

Lia Celi

Miss Frizz

L'étincelle blanche

Traduit de l'italien par Marie Giudicelli
Illustrations de Sophie Lebot

bayard jeunesse

Ma famille

Mon groupe de patinage, les Perce-Neige

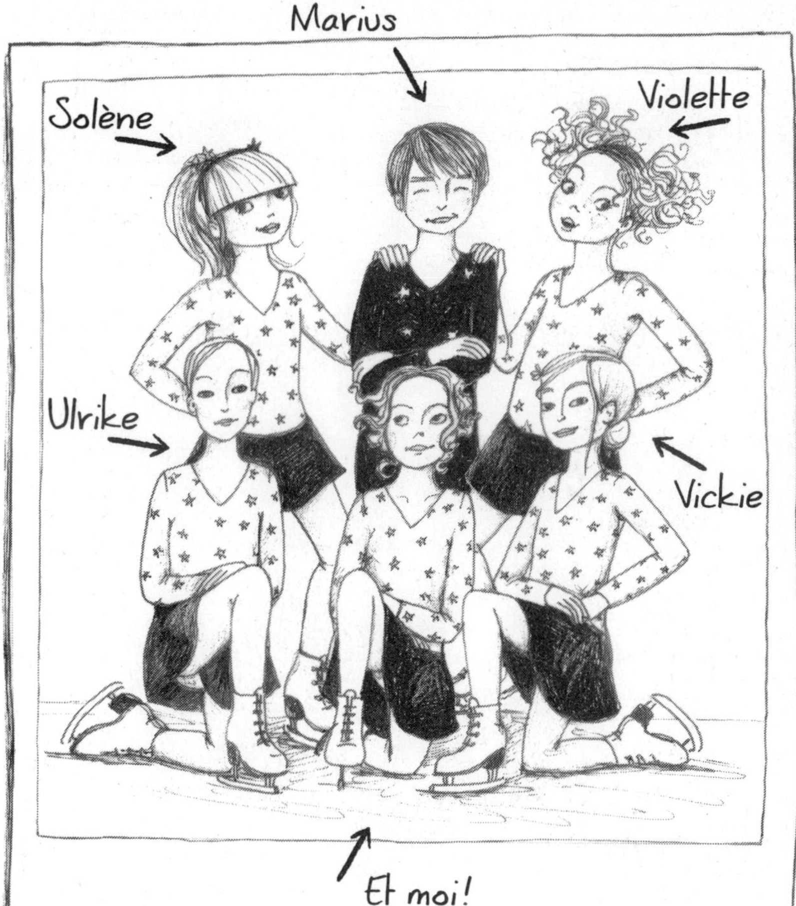

1. Premier jour au collège

J'attends le bus numéro 21 près de La Viennoise, la pâtisserie de mes parents. Ma mère a déjà enfilé son tablier, et me fait un bisou sur le pas de la porte. C'est la première fois que je vais seule à l'école, et elle est un peu inquiète.

– Si j'avais un portable, ça te rassurerait…, je lui souffle.

– C’est hors de question ! Je ne suis pas une de ces mères paranoïaques qui surveillent leurs enfants à distance. Cela dit, Solène en a un : s’il y a un problème, elle peut me téléphoner.

Je fais partie d’une espèce en voie de disparition : les ados sans portable. Mes parents pensent qu’à mon âge c’est inutile ; en fait, ce serait très pratique. Par exemple, si j’en avais un, je pourrais appeler Solène pour lui demander ce qu’elle fabrique. En effet, le bus approche, les gens qui patientent avec moi se regroupent, et ma copine n’est toujours pas arrivée. M’aurait-elle fait faux bond ?

Soudain, j’entends une voiture qui accélère. Un 4x4 dépasse le bus à toute vitesse et pile juste devant l’arrêt.

La portière arrière s’ouvre :

– Ouf, c’était moins une ! Salut, Ada !

Solène a un look très étudié. Maintenant que nous sommes en 6e, elle va y faire encore plus attention.

Le chauffeur du bus ouvre sa fenêtre, furieux :

– Ça va pas, la tête ?

La vitre du 4x4 s'abaisse, et le visage de Déborah Parma apparaît. C'est la mère de Solène, et tout le monde, y compris sa fille, l'appelle par son prénom.

– C'est à moi que vous parlez ? demande-t-elle au chauffeur.

Aussitôt, il semble se calmer. Il descend du bus et se dirige vers la voiture de Déborah.

– Il va la frapper, murmure un garçon à côté de moi.

Mais, au contraire, l'homme s'adresse à la mère de Solène sur un ton enjôleur :

– Excusez-moi, Lady Jolly, je ne vous avais pas reconnue…

Déborah retire ses lunettes de soleil et lui sourit. Puis elle se tourne vers sa fille :

– Solène, demain matin, arrange-toi pour choisir ton gloss plus rapidement. Allez, bonne journée, les filles ! Moi, je retourne dormir !

Elle nous envoie un baiser du bout des doigts et repart en trombe.

Surprise, je relève :

– Lady Jolly ?

– C'est le pseudonyme que ma mère utilise quand elle joue aux cartes.

Je savais que Déborah était championne de poker, de canasta, de rami et d'un tas d'autres jeux de cartes, mais j'ignorais qu'elle utilisait un faux nom. Décidément, j'apprends toujours des choses très intéressantes avec la mère de ma copine…

Solène se gratte la tête :

– Alors, comment on fait ?

– Comment on fait quoi ?

Elle écarte les bras :

– Ben… Comment on fait pour prendre le bus ?

En effet, mon amie n'est jamais montée dans un transport en commun de toute sa vie. Depuis qu'elle est née, elle s'est toujours fait conduire soit par sa mère, soit par son père. Mais cette année, c'est terminé : en 6e, on va seuls à l'école ; Solène n'a pas envie que les autres élèves se moquent d'elle.

Le bus est déjà plein comme un œuf. On a tout juste le temps de se faufiler à l'intérieur, et les portes se referment. Solène fronce le nez :

– Je croyais que les gens prenaient une douche, le jour de la rentrée…

Je souris :

– Et encore, ce n'est rien… Tu verras ce soir, au retour !

– Hé ! Attention avec ton sac à dos, marmonne derrière moi un gros monsieur avec une barbichette. Dans le bus, on le pose par terre !

Je m'empresse de le faire glisser de mes épaules. Le monsieur appuie sur le bouton « Arrêt ». Alors qu'il s'avance vers la porte, il se prend les pieds dans les bretelles de mon sac.

– Mais enfin, tu ne peux pas le garder sur ton dos, comme tout le monde ?! me lance-t-il.

Beaucoup de passagers descendent, et quelques places assises se libèrent. Solène se jette sur le siège le plus proche. Je

remarque une vieille dame cramponnée à une barre :

– Solène, priorité aux personnes âgées !

La personne âgée en question me regarde de travers :

– Je suis en meilleure forme que vous, ma petite demoiselle !

Du coup, Solène s'installe. Quelques instants plus tard, le contrôleur passe près de nous et nous fait les gros yeux :

– Vous n'avez pas honte de laisser la dame debout ?

Je m'apprête à lui crier : « On vient de lui proposer la place ! » quand je sens que l'on me touche l'épaule. Je me retourne. Un garçon très grand et vêtu d'un large sweat me regarde d'un air sévère.

– Qu'est-ce qu'il y a ? je lui demande sèchement.

Il me sourit, mais son regard reste dur. C'est à cause de ses sourcils fournis : ils donnent l'impression qu'il les fronce en permanence.

– Je dois descendre. Vous allez aussi à l'Enterprise, non ?

C'est le surnom de notre collège. Il fait partie des plus récents de la ville… Enfin, il a seulement trente ans. Les architectes qui l'ont conçu devaient être des passionnés de science-fiction, car il est bas et rond comme une soucoupe volante.

Les premiers élèves de cet établissement, de la génération de mes parents, l'avaient surnommé ainsi parce qu'il leur rappelait le vaisseau spatial de la série *Star Trek*. Et le surnom est resté.

Alors que nous nous dirigeons vers le collège, le garçon se tourne vers moi :

– Tu es la sœur d'Alex Rinaldi, non ?

Je le regarde, stupéfaite. En général, ce sont les filles qui me reconnaissent. En effet, Alex est le stéréotype du « beau gosse du lycée », et je lui ressemble beaucoup (mais moi, personne ne me remarque !).

– Élisabeth a une photo de ton frère dans son portefeuille.

Qui est cette Élisabeth ? Je n'en ai jamais entendu parler…

– Mais si, tu connais ma sœur ! insiste-t-il. Elle vient souvent à La Viennoise pour voir si Alex est là…

Soudain, ça me revient : une fille maigre, avec de gros sourcils, qui entre dans la pâtisserie… Et mon frère qui s'enfuit dans l'arrière-boutique ! Mieux vaut changer de sujet. Je lui demande :

– Mon amie et moi, on est en 6e D : tu connais un peu les profs ?

– Oui, rien à signaler. À part cette idiote de Barret, la prof d'histoire, mais on y survit. Moi, je suis en 3e F et, là, ça ne rigole plus ! Bon, j'y vais, à plus tard !

Tout en ajustant son sac à dos sur ses épaules, il franchit la grille du collège et rejoint ses copains.

– Ouh là là, on n'est pas encore rentrées et on a déjà fait la connaissance d'un troisième ! jubile Solène, en tortillant une mèche de ses cheveux blonds. Au fait, comment s'appelle-t-il ?

Elle lance dans sa direction :

– Hé ! Tu t'appelles comment ?

Le garçon l'ignore.

– Il est sourd, ou quoi ?

– Laisse tomber, dis-je, il ne veut pas nous parler devant ses amis : pour eux, nous sommes des maternelles !

Solène hausse les épaules :

– Tant pis.

Soudain, elle s'exclame :

– Regarde qui est là : David, Héloïse et Anaïs !

Nos anciens camarades du CM2 sont manifestement heureux de nous retrouver. Même Anaïs, l'une des trois prétentieuses du club de danse qui n'arrêtaient pas de nous enquiquiner, semble tout sucre, tout miel.

– Vous êtes aussi en 6e D ? demande-t-elle. On se mettra à côté en classe, hein ? Il paraît qu'il y a plein de ploucs, ici...

Bon, elle est tout sucre, tout miel, mais elle est toujours aussi gonflante.

Je connais Solène depuis le CP, mais nous sommes devenues amies sur la piste de la *Magic Ice School*, l'école de patinage que nous fréquentons depuis quatre ans. Notre groupe, les Perce-Neige, est très uni, et j'espérais qu'à notre entrée en 6e on se retrouverait tous ensemble à l'Enterprise. Malheureusement, nous ne serons que trois, les mêmes qu'en primaire : Solène, Ulrike et moi. Ulrike n'arrivera qu'en novembre car son père, un célèbre chef d'orchestre, l'a emmenée en tournée en Amérique du Sud. Violette et Vickie sont dans un collège privé. Quant à Marius, le seul garçon du groupe, je crois qu'il est dans une autre école, si toutefois ses parents, qui se disputent sans arrêt par avocats interposés, ont pensé à l'inscrire… Mais alors, qui est ce garçon qui lui ressemble étrangement ?

– Marienko ?

C'est ainsi que nous le surnommons à la Magic, en l'honneur de son idole, Evgeni Plushenko. Il se dirige vers nous, sans se presser, histoire de ne pas montrer combien il est content de nous voir. Solène se jette dans ses bras :

– Qu'est-ce que tu fais ici ?

– Je plante des choux. Quelle question ! On est dans un collège, non ?

– Je croyais que tu allais dans un autre collège, près de chez toi : tu n'habites plus de l'autre côté de la ville ?

– Non, j'ai déménagé. Ma mère a trouvé un appartement dans le coin.

– Et tu es dans quelle classe ?

– Qu'est-ce que ça peut bien te faire ? répond Marius.

– Quelle bonne humeur ! je m'exclame. C'est parce que tu n'as pas patiné depuis longtemps ?

À ces mots, son expression se radoucit.

– Depuis trois mois... J'ai passé l'été chez ma grand-mère. La mer, c'est chouette, mais impossible de trouver un endroit où patiner. Toutes les nuits, je rêvais de la Magic. Heureusement qu'elle rouvre bientôt ! Si je ne reprends pas les entraînements, je crois que je vais devenir fou !

Solène le fixe, stupéfaite :

– Tu n'es pas au courant ?

– Au courant de quoi ?

Donc, il ne connaît pas la nouvelle. La Magic restera fermée pour travaux encore un bout de temps. Le vieux rêve de Max, le directeur, est devenu réalité grâce à l'aide de notre sponsor, le charcutier Augustin Chazac : la rénovation de l'école a commencé en juin dernier. Elle devait s'achever au début du mois de septembre, mais c'est toujours la même histoire : d'abord, la fin des travaux a été repoussée au 30 septembre, puis on est passés à la deuxième quinzaine du mois d'octobre. En fait, la Magic ne rouvrira pas ses portes avant novembre.

Je n'ai aucune envie de le dire à Marius maintenant : j'ai peur qu'il se mette en colère et qu'il se fasse mal voir dès le premier jour d'école. Par chance, à ce moment précis, la cloche retentit.

Nous entrons dans le collège. De grands panneaux indiquent où se trouvent les salles des 6e. Sur la porte de chaque classe est affichée la liste des élèves. Solène et moi nous dirigeons directement vers celle de la 6e D. Mon nom est bien là, ainsi que ceux d'Anaïs et de Marius. Mais je ne vois pas celui de Solène… Nous avions pourtant demandé à être ensemble…

– Il a fallu créer une classe supplémentaire : les élèves ont été répartis en deux groupes, nous explique une surveillante. Solène Parma, voyons… Tu es en 6e F.

La mine lugubre, Solène part au bout du couloir. Quant à moi, j'entre dans la salle, déjà pleine. Anaïs, assise près de Marius, m'indique en souriant la chaise placée à sa gauche. La seule qui est inoccupée. Je m'assieds sans enthousiasme.

– Ton ami de la Magic me plaît beaucoup, me glisse Anaïs, tout excitée.

Ça commence bien…

2. Ada mène l'enquête

Les travaux de rénovation de la Magic Ice School *ne prendront fin qu'au début du mois de novembre. Nous sommes conscients qu'un tel retard dans la reprise des entraînements pénaliserait les élèves lors des prochaines compétitions. Par conséquent, en attendant la réouverture de l'école, nous mettons à leur disposition une autre patinoire, L'étincelle blanche, située à environ quarante kilomètres au nord de la ville. Le transport sera assuré par le bus de la* Magic Ice School. *Départ les lundis, mercredis et vendredis à 17 heures 30, sur le parking de l'école. Retour prévu pour 21 heures. Les élèves intéressés sont priés de contacter au plus vite Maxime Sandernot ou Agathe Dupré.*

Voilà la lettre que les élèves de la Magic ont reçue ce matin.

J'ai demandé aux membres des Perce-Neige de venir en discuter à La Viennoise, la pâtisserie de mes parents.

– L'étincelle blanche ? Jamais entendu parler ! observe Marius.

– Solène et moi, on a décidé d'y aller, dis-je. Ce sera fatigant, mais pour deux mois ça vaut la peine. Vous venez avec nous ?

Violette termine son éclair au café et déclare :

– Moi, certainement. De toute façon, Rebecca doit s'entraîner tous les jours : dans un mois, elle a une compétition.

Pauvre Violette ! Ça fait des années qu'elle suit partout sa sœur aînée, une championne junior. Leurs parents croient que ce qui convient à l'une est forcément bon pour l'autre.

Pourtant, hormis leurs beaux cheveux cuivrés et leurs taches de rousseur, les sœurs Bonneval n'ont rien en commun.

– Et si j'y vais, Marienko m'accompagnera, hein ? ajoute Violette, en lui passant un bras autour des épaules.

Violette et Marius n'arrêtent pas de s'envoyer des piques, mais ils sont très complices.

Marius sourit :

– J'ai tellement envie de patiner que j'irais là-bas, même avec Mme Barret !

En effet, entre la prof d'histoire et lui, on ne peut pas dire que ça ait été le coup de foudre. Le premier jour d'école, elle lui a demandé ce qu'était un « document historique », et Marius a répondu : « Le permis de conduire de ma grand-mère. »

Je me tourne vers Vickie :

– Et toi ?

– Oui, a priori, je viens aussi, répond-elle, l'air sérieux. Au moins jusqu'à ce que recommencent mes leçons de piano, de danse, d'anglais et de yoga.

– Toujours aussi occupée ! Je croyais pourtant que ta mère voulait que tu te détendes…

– C'est vrai ; c'est pour ça qu'elle m'a inscrite au yoga.

À ce moment précis, Mme Bertholet, la mère de Vickie, lui fait signe à travers la vitrine de la pâtisserie. Vickie se lève, obéissante. Il est tard, et l'heure est venue de rentrer chez soi. Marius se dirige vers l'arrêt de bus, et Solène va rejoindre sa mère à l'institut de beauté où celle-ci avait rendez-vous pour sa manucure hebdomadaire.

Seules Violette et moi restons dans le salon de thé.

– Ma mère est en retard, observe Violette, ça tombe bien : je voulais te parler. D'après toi, ils vont se rabibocher ?

Ma copine parle de Rebecca et d'Alex. Ils ont commencé à sortir ensemble au printemps dernier, mais leur histoire est plutôt compliquée, entre séparations et réconciliations. Depuis quelque temps, ils se font la tête.

Violette poursuit :

– Ma sœur ne veut pas se confier à moi. Et Alex, il t'a dit quelque chose ?

– Non, rien. En fait, je crois qu'il s'agit toujours des mêmes problèmes. Mon frère reproche à Rebecca de ne penser qu'à ses compétitions, et elle supporte mal toutes les filles qui tournent autour de lui.

– Alex n'a pas tort, admet Violette, tandis que nous sortons de La Viennoise. Le Prix Jeunesse aura lieu dans un mois, et Rebecca est déjà super stressée.

– Ta sœur non plus n'a pas tort…, dis-je.

Escorté par deux admiratrices, mon frère se dirige vers nous.

– Si on assiste à cette conférence sur l'environnement, tu viendras à notre soirée ? lui demande l'une d'elles.

– Essaie de savoir si c'est vraiment fini entre eux, me chuchote Violette.

Mon frère et moi montons les quelques marches qui mènent à notre appartement, situé au-dessus de La Viennoise.

– Elles sont au courant que tu as une copine, ces deux filles ?

– De quoi je me mêle, Miss Frizz ? me répond Alex.

Touché !

Nous franchissons la porte et nous nous arrêtons dans l'entrée pour enlever nos chaussures.

– J'ai le droit de savoir ce qui se passe entre vous, je poursuis. Rebecca est la sœur de Violette, et vous vous êtes rencontrés à l'une de nos compétitions. Si je ne t'avais pas donné un coup de main, ce soir-là dans le bus de la Magic, vous ne seriez jamais sortis ensemble.

– Tu n'espères quand même pas que je vais te remercier !

Je lance un chausson dans sa direction :

– Vous êtes faits l'un pour l'autre : vous êtes tous les deux beaux et désagréables !

– Sauf que, moi, je vois le monde qui m'entoure, me rétorque Alex. Rebecca, elle, ne voit pas plus loin que ses patins.

– C'est une championne ! Tu devrais être fier d'elle !

– Mais je suis son plus grand fan !

Il reste silencieux pendant quelques instants.

– Bon, je vais prendre une douche.

J'aimerais continuer à discuter avec lui pour tirer cette histoire au clair, mais ce serait plus simple avec une sœur…

Je le suis jusqu'à la « salle de bains des hommes ». Avant, c'était celle des enfants, mais désormais seuls mon père et Alex l'utilisent. Ma mère et moi en avons une plus grande. Alex ne ferme jamais à clef. Quand il ne veut pas être dérangé, il accroche à la poignée de la porte un écriteau : *Travaux en cours*.

Je frappe. À travers le bruit de l'eau qui coule, je l'entends hurler :

– C’est pas vrai ! Même ici je ne peux pas avoir la paix !

J’entre et m’assieds sur le bidet. Sur le mur opposé, Alex a attaché un article portant le titre : *Comment se laver en respectant la planète.* Il l’a aussi accroché dans l’autre salle de bains. Mon frère est écolo jusque dans les toilettes. On y trouve des conseils, comme : *Ne pas gaspiller le papier-toilette ; Limiter l’usage de la chasse d’eau ; Fermer le robinet quand on se lave les dents.* Voilà peut-être la vraie raison de sa séparation avec Rebecca : un garçon qui contrôle la quantité de papier-toilette qu’utilise sa copine, c’est loin d’être romantique !

– Alors, c’est vraiment fini ?

L’eau s’arrête de couler, et le visage de mon frère apparaît, encore tout dégoulinant.

– Oui, j’ai presque fini.

– Avec Rebecca, je veux dire, idiot !

– De toute façon, ça n’aurait pas marché, me répond-il. C’est le genre de fille qui tombe amoureuse de son entraîneur…

– D’Agathe ?

– D'accord… D'un patineur, alors. Tu vas voir : je suis sûr qu'elle va revenir vers cet Antoine.

Ça m'étonnerait : Rebecca et Antoine ne sont jamais sortis ensemble, même si leurs prestations sur la glace leur avaient valu le surnom de « couple d'or ». Puis Rebecca a commencé à regarder son partenaire de haut. Non seulement elle avait grandi plus vite que lui, mais en plus elle se croyait beaucoup plus forte. Depuis, ils ne patinent plus ensemble et ils s'ignorent totalement.

Je téléphone à Violette pour lui raconter cette conversation :

– Je crois qu'ils ne sont pas près de se réconcilier.

Dans le couloir, j'entends les pas de ma mère. Elle vient de fermer la pâtisserie. Elle a les traits tirés et se masse les épaules.

– Adinette, ne mets pas la table, je suis morte de fatigue. Ce soir, nous ne sommes que tous les trois : je vous emmène à la pizzeria !

– Super ! Mais où est papa ?

– À une formation sur la pâtisserie sans gluten. Il revient demain soir.

Elle fronce les sourcils :

– Et Alex, qu'est-ce qu'il fabrique ?

– Il est en train de s'habiller. Tu sais qu'ils ont rompu, avec Rebecca ?

– J'avais deviné. Mais ce n'est rien : ce ne sont que des enfants… Moi, à leur âge, je jouais encore à la poupée.

À ce moment-là, Alex entre dans la cuisine, les cheveux mouillés :

– À seize ans ? N'importe quoi ! Et papa, tu l'as rencontré dans un bac à sable ?

Moi, je ne joue plus à la poupée, mais je ne me sens pas grande pour autant. Bien au contraire, je regrette mon école, les longues récréations, l'époque où Solène et moi étions voisines en classe… Et puis, même si je n'ai pas encore vu la nouvelle Magic, l'ancienne me manque déjà. Elle sera sans doute plus belle, mais j'aimais bien le vieux hangar où j'ai appris à patiner.

3. Un voyage… glacial

– Vous voyez ces cheveux blancs ? C'est la conséquence de mes disputes avec le chef de chantier. Pourtant, ça en vaut la peine ! En novembre, ce sera magnifique !

Max indique le bâtiment qui s'élève derrière lui. Il est encore tapissé d'échafaudages, mais on devine déjà que le cube en briques où nous avons appris nos premiers citrons n'est plus qu'un souvenir.

Agathe, notre entraîneur, lève au ciel ses yeux couleur d'acier. Ils contrastent avec son teint hâlé et semblent encore plus clairs. Ses cheveux blond platine sont coupés très court. Violette dit qu'elle ressemble à un tigre de Sibérie.

– Magnifique ? Ça dépend des goûts, observe sèchement Agathe. J'ai tenté de donner mon avis, mais Max et la *creative manager* ne m'ont pas laissé voix au chapitre !

La *creative manager* en question s'appelle Valérie Chazac. Créative, elle l'est certainement, mais elle est aussi parfois un peu envahissante. Il y a quelques mois à peine, elle n'était que la fille de notre sponsor, Augustin Chazac, et Agathe espérait encore s'en débarrasser. Hélas, nous, les Perce-Neige, avons eu la bonne idée de suggérer à Pierre (le fils de Max) de lui faire la cour, pour la distraire. Résultat : à présent, Valérie est la future belle-fille de Max, et ce sera très compliqué de l'éloigner de la Magic. Cependant, mes amis et moi trouvons plutôt sympathique cette blonde un peu naïve qui sent bon le lilas.

Elle sort justement du bâtiment, vêtue d'une tenue à la fois chic et bohème, comme dit Solène. En clair, un vêtement est chic et bohème quand ses bords sont effrangés comme s'ils s'étaient pris dans les rayons d'une roue de vélo… D'une main, Valérie envoie un baiser au chef du chantier, et de l'autre, elle nous dit bonjour en agitant un paquet de feuilles couvertes de croquis.

– Elle est là du matin au soir, commente Max.

Agathe esquisse une grimace :

– Forcément : elle n'a rien d'autre à faire !

– Voyons, ne sois pas injuste ! Valérie a très bon goût. Grâce à elle, nous aurons les plus beaux vestiaires de toute l'Europe !

– En effet, lui rétorque Agathe, on dirait les cabines d'essayage d'une boutique de luxe !

Valérie nous rejoint en poussant de petits cris :

– Une boutique à la Magic ? Agathe, tu lis dans mes pensées ! On pourrait y vendre des vêtements de marque et des accessoires de sport ! L'idéal serait d'avoir aussi une petite cafétéria aménagée selon les principes du *feng shui**. Patinage, mode, détente : bienvenue à la *Magic Ice School* !

– Mon Dieu…, gémit Agathe.

Max donne une petite tape sur l'épaule de Valérie :

– Le *feng shui* et la cafétéria viendront dans un second temps. La Magic est avant tout une école de patinage.

– Est-ce qu'on peut jeter un coup d'œil à l'intérieur ? demande Solène.

– Non, c'est trop dangereux, et puis il se fait tard : nous devrions déjà être partis. On nous attend dans une demi-heure à L'étincelle blanche.

---

* Le *feng shui* est un art chinois dont le but est d'améliorer le bien-être des gens, notamment en aménageant les lieux selon certains principes.

Le bus de la Magic est à moitié vide. En effet, si les Perce-Neige sont presque au complet (il ne manque qu'Ulrike), le groupe des Oursons est absent : pour les petits, les déplacements sont trop fatigants. En revanche, les Aurore, les élèves du cours avancé, sont tous là.

Tandis que Max s'assied à la place du chauffeur, les Aurore s'emparent des sièges situés au fond du bus. Agathe, elle, compte les passagers. Tout à coup, elle aperçoit Valérie.

– Il serait peut-être préférable que tu restes à la Magic, lui suggère-t-elle avec un sourire pincé. Les maçons risquent d'oublier de poser les tuiles en suivant les principes du *feng shui*.

– Ne t'inquiète pas, lui répond Valérie, je leur ai laissé des notes ! Aujourd'hui, je vous accompagne ! La directrice de L'étincelle blanche est une vieille amie, et je veux lui faire une surprise.

Agathe pousse un soupir résigné.

Nous traversons la ville. Avec son logo étincelant sur fond bleu métallisé et argent, le minibus fait sensation et attire les regards des passants. Max met un CD, et tout le bus chante à tue-tête.

Nous voilà sur l'autoroute. Du côté des Aurore, on assiste à un étrange va-et-vient : les voisins de Rebecca et Antoine, sous différents prétextes, partent s'installer sur les sièges situés à l'avant du bus. Il se trame quelque chose…

– Je dois avoir un problème avec mes lentilles, murmure Vickie en plissant les yeux. Antoine me semble immense.

– Il est immense, lui répond Violette. Et aussi très mignon. Il est bel et bien sorti de l'âge ingrat.

– Je déteste les potins, râle Marius.

Sur ces mots, il va s'asseoir plus loin et s'absorbe dans la contemplation du paysage qui défile derrière la vitre du bus.

– Qu'est-ce que c'est, l'âge ingrat ? demande Vickie.

– C'est le moment de l'adolescence où les garçons atteignent le comble de la laideur ! explique Violette. Pas vrai, Ada ?

– Tout à fait. À quatorze ans, Alex n'était pas beau, et en seulement quelques mois il s'est beaucoup amélioré.

– Même chose pour Antoine, poursuit Violette. L'année dernière, c'était encore un nain boutonneux, et Rebecca devait se baisser pour lui parler ; aujourd'hui, regarde comme il est balèze !

– Et alors, hasarde Vickie, pourquoi ta sœur et lui ne…

Violette pose la main sur sa bouche :

– Chut ! On espère tous que le couple d'or va se reformer ! Désormais, Antoine dépasse Rebecca, et comme elle est… libre…, dit-elle en me regardant.

Je jette un coup d'œil à Rebecca et Antoine : ils continent de s'ignorer.

– Pour le moment, je ne crois pas qu'ils veuillent faire la paix…

Soudain, la main d'acier d'Agathe se pose sur mon épaule.

– Parle plus bas, me glisse-t-elle. Il leur faudra du temps. Chacun doit d'abord regagner la confiance de l'autre ; et ce ne sera pas facile, vu leurs caractères… Antoine en veut toujours à Rebecca. Ils n'ont surtout pas besoin de phrases du style…

– Comme vous êtes mignons, tous les deux ! Vous n'avez jamais pensé à patiner en couple ?

Valérie s'est appuyée au dossier du siège devant Antoine et Rebecca ; elle les regarde en souriant.

– Elle n'est au courant de rien…, je murmure. Elle n'était pas encore arrivée lorsqu'ils patinaient ensemble…

Violette se précipite vers Valérie et l'entraîne gentiment vers l'avant du bus.

– Alors comme ça, l'interroge-t-elle, la directrice de L'étincelle blanche est l'une de tes amies ?

Valérie semble un peu décontenancée :

– Hein ? Ah, oui, Éliette ! Nous allions à l'école ensemble. Et puis, elle a déménagé dans une autre ville. Elle a suivi des cours de patinage et a très vite atteint un excellent niveau. Mais elle a préféré mettre de côté sa carrière sportive pour devenir maman. L'année dernière, elle a décidé d'ouvrir sa propre école de patinage ; elle n'a jamais oublié sa passion.

– La passion ne suffit pas pour diriger une école, observe Agathe. Il faut aussi de la fermeté.

Valérie prend un air grave :

– En effet, je crois qu'elle a des problèmes sur ce plan-là... Je suis sûre que Max et toi, vous pourriez lui donner de bons conseils... C'est pourquoi j'ai suggéré L'étincelle blanche comme piste provisoire pour les entraînements.

Agathe esquisse un sourire :

– Je comprends : tu veux lui venir en aide... Aussi généreuse que ton fiancé, hein ?

Valérie rougit. Pierre, le fils de Max, est médecin volontaire en Afrique. Son père espérait qu'il exercerait son métier à la Magic, mais il a choisi une autre voie, et même l'amour n'a pas suffi à le retenir.

– Nous sommes arrivés ! annonce Max.

Je regarde par la fenêtre : de chaque côté de la rue apparaît une enfilade d'immeubles délabrés. Les arbres d'un petit parc désert se dressent dans le ciel obscurci par un épais brouillard. C'est curieux : d'habitude, un après-midi de septembre comme celui-ci, les squares fourmillent d'enfants…

Le bus tourne et emprunte une sorte de boulevard où la circulation devient plus dense. Enfin, nous nous garons sur un parking presque vide, devant un grand bâtiment en pierres et en briques. Sur une plaque à côté de la porte d'entrée, on peut lire : *Centre de sports sur glace – École de patinage L'étincelle blanche.*

– On n'est pas dans les beaux quartiers ! commente Solène, en descendant du bus.

Marius hausse les épaules :

– On n'est pas là pour faire du tourisme ! Tant qu'il y a une piste pour patiner, pour moi, c'est le paradis.

Il descend à son tour et regarde autour de lui. Sur les terrasses en ciment de l'immeuble qui domine le parking, quelques visages curieux pointent entre des séchoirs chargés de linge.

– De toute façon, c'est seulement pour deux mois…, marmonne-t-il.

4. Une étincelle ne suffit pas

Nous suivons Agathe et Max dans L'étincelle blanche. Soudain, une petite boule brune fonce droit sur nous.

– Qui es-tu, toi ? lui demande Antoine, amusé.

La fillette aux boucles sombres lui tire la langue. Puis une jeune femme aux cheveux noirs ébouriffés, toute mince dans son survêtement, se dirige vers nous. Elle paraît épuisée.

– Bienvenue ! nous lance-t-elle. Je vois que ma fille, Muriel, s'est déjà chargée de vous accueillir. Je dois fermer la porte à clef ; sinon, elle se sauve…

La petite brune se met le doigt dans le nez d'un air boudeur. Valérie se précipite sur son amie pour l'embrasser :

– Éliette !

– Valérie ! Comme je suis contente de te voir ! Max, Agathe, c'est un plaisir de vous rencontrer enfin ! Une seconde, j'ai un petit problème... C'est bien le moment... Oh, Léo, tu ne peux quand même pas me laisser tomber comme ça !

Nous nous regardons, stupéfaits. Puis nous remarquons l'oreillette que porte l'amie de Valérie. Elle est au téléphone avec quelqu'un et parle à tout le monde en même temps :

– Je vais vous montrer les vestiaires. Et qui va me trouver un autre moniteur, maintenant ? Je comprends, Léo, mais regarde un peu la situation dans laquelle tu me mets... Mon chou, papa va arriver bientôt... Non, Léo, je parlais à ma fille...

– Muriel... J'aime beaucoup ce prénom ! s'exclame Solène. Je vais l'ajouter à ma liste.

Solène est sûre que, lorsqu'elle sera grande, elle aura une fille. Et elle réfléchit déjà à son prénom : quand elle tombera enceinte, sa liste sera aussi longue qu'un annuaire !

Éliette prend Muriel par la main et nous guide à travers l'école. Tout est très propre, mais rien n'est vraiment achevé. Les vestiaires et le hall d'accueil sont les seuls espaces aménagés. Les murs de la salle de gymnastique, par exemple, sont recouverts d'une simple couche de plâtre.

– Encore un qui s'en va..., soupire Éliette, en retirant son oreillette. Léo était le moniteur de hockey. Mais je le comprends : cette année, il aurait dû travailler sans être payé. En plus, la piste réservée au hockey n'est pas encore prête... Maintenant, je suis vraiment toute seule...

Elle serre Muriel contre elle, puis elle s'approche d'un distributeur d'eau et remplit un gobelet en plastique.

– Servez-vous, je vous en prie... Malheureusement, je ne peux rien vous offrir de mieux, dit-elle, avec un petit rire forcé.

– Tout ce qui compte, c'est qu'il y ait une piste, la rassure Max.

– C'est vrai... Hélas, vous serez sans doute les derniers à l'utiliser...

Agathe prend un air grave et se tourne vers nous :

– Allez, au vestiaire ! On se retrouve dans cinq minutes à la salle de gym.

Nous obéissons, tandis que les adultes continuent à parler dans le couloir. Mais je tends l'oreille pour espionner ce que raconte Éliette :

– L'étincelle blanche est une ancienne usine de tabac. Muriel, reviens par ici… Comme vous avez dû le voir, les environs sont assez délabrés. Il y a quelques années, la mairie avait prévu de tout moderniser : il devait y avoir de nouveaux commerces, une piste cyclable, et des travaux pour améliorer l'éclairage des rues… L'école devait être la cerise sur le gâteau pour que le quartier devienne agréable… Muriel, ne touche pas à ce pot de peinture ! Je me suis proposée pour monter le projet ; j'y ai même investi de l'argent. « L'étincelle blanche » me paraissait un nom parfaitement adapté : les enfants du coin ont grand besoin d'une étincelle qui rende plus gaie une réalité quotidienne souvent difficile. Mais la politique a commencé à s'en mêler…

Max fronce les sourcils :

– C'est-à-dire ?

Éliette continue :

– Le maire de la ville a changé, et les rénovations ont été annulées. Non, Muriel, pas par là… Seule l'école a vu le jour, mais François Perron, le nouveau maire, n'y a pas mis un centime, et maintenant j'arrive tout juste à payer les factures… Si au moins ils avaient mis quelques lampadaires ! Ici, quand le soir tombe, c'est loin d'être rassurant. Résultat : les mamans hésitent à envoyer leurs enfants à L'étincelle blanche. C'est bien normal, mais à ce train-là je vais être obligée de fermer l'école, et les enfants du quartier perdront leur seul lieu de loisir… Muriel, ça suffit !

– Pauvre Éliette…, murmure Valérie.

Vickie sort un paquet de bonbons de son sac et se dirige vers la porte du vestiaire. Muriel est en train de sautiller dans le couloir.

– Tu aimes les bonbons ? lui demande Vickie tout bas. Tu as quel âge ?

La petite fille s'approche et choisit un caramel :

– Cinq ans et demi.

– Je parie que tu patines déjà mieux que nous, intervient Solène, en arrangeant sa queue-de-cheval.

Muriel prend un air boudeur :

– Moi, je ne patine pas !

– Je suis sûre que si ! insiste Solène. Avec une si belle patinoire et une maman qui...

Les yeux de la fillette se mettent à briller de rage :

– Cette patinoire est nulle, et maman n'a jamais le temps de s'occuper de moi ! Toute la journée, j'attends que papa vienne me chercher !

Furieuse, elle s'enfuit en courant, et tombe nez à nez avec un monsieur à la silhouette élancée, portant veste et cravate.

– Muriel, ma chérie ! s'écrie-t-il en la prenant dans ses bras. Viens, je t'emmène à la maison !

À ce moment-là, le monsieur s'aperçoit que la porte du vestiaire est grande ouverte : aussitôt, il détourne la tête.

– Ne vous inquiétez pas, nous sommes habillées ! dis-je en riant.

– Oh, tant mieux ! J'ai juste été un peu surpris de voir le vestiaire occupé : l'école est plutôt vide, en général…

Le papa de Muriel a un sourire d'enfant et les mêmes cheveux noirs et bouclés que sa fille.

– Cette école était le rêve d'Éliette, explique-t-il, mais il n'était pas prévu qu'elle y passe tout son temps. Si l'école marchait, elle pourrait employer du personnel et consacrer quelques heures à la petite. Hélas, Muriel doit se contenter de son papounet qui tombe de fatigue…

Il ferme les yeux et fait semblant de ronfler. La fillette tente de lui soulever les paupières. Il les rouvre et lui fait un gros bisou.

– Allons-y, ma chérie. Passons d'abord dire au revoir à maman.

Violette les suit des yeux :

– Un jour, moi aussi j'aurai un mari comme ça !

Je n'ai jamais vu une piste comme celle de L'étincelle blanche. Elle a été aménagée dans l'entrepôt d'une ancienne usine de tabac. Les murs hauts, tapissés de parois vitrées, contrastent avec la piste lustrée dominée par des gradins en bois et acier.

– C'est magnifique ! s'écrie Valérie, enthousiaste, du haut de la tribune. J'adore les vieux bâtiments rénovés !

Accoudée à la balustrade, Violette confirme :

– C'est vrai... On se croirait dans un musée.

Solène pouffe :

– Si on pouvait patiner dans les musées, il y aurait plus de monde !

Marius observe une vitre cassée :

– Ici, j'ai l'impression qu'on pratique plus le lancer de cailloux que le patinage...

Puis il contemple l'étendue glacée devant lui et, heureux comme un poisson libéré de son hameçon, il s'élance sur la piste.

J'adore cet endroit et je suis contente que nous puissions patiner malgré la fermeture de la Magic. Je suis tellement contente qu'en moins de vingt secondes, me voilà déjà le derrière par terre. Agathe, occupée à poser des quilles pour délimiter la partie de la piste réservée aux Perce-Neige, accourt en hurlant :

– Ada, fais un peu attention !

Puis elle ajoute :

– Vickie, Violette, Solène, qu'est-ce que vous attendez pour vous y mettre ? Le dégel ? Allez, au travail !

Agathe nous a concocté un programme chargé. Pour commencer, nous travaillerons les pas, l'utilisation des pointes et la préparation des sauts. Rapidement, je constate que je ne suis pas trop rouillée. Mes patins semblent ravis de retrouver la glace. Mon entraîneur me regarde en souriant :

– Tania Kozmina m'a écrit. Elle était très satisfaite de toi.

Tania était ma prof de patinage pendant le stage auquel j'ai participé cet été*. C'est aussi une célèbre championne.

– Oh, beaucoup d'élèves étaient bien plus forts que moi !

– D'après Tania, pas tant que ça, et ça ne m'étonne pas.

– Ah bon ? Euh, je…

– Tu n'as pas conscience de ton potentiel, Ada. Si tu le veux vraiment, tu peux obtenir d'excellents résultats.

Je m'apprête à lui répondre, mais aucun son ne sort de ma bouche. Voilà, c'est bien le problème : est-ce que j'y tiens vraiment ?

Au fond de la piste, Rebecca exécute une pirouette allongée sous le regard attentif de Max. Elle concourra prochainement pour le Prix Jeunesse, puis d'autres compétitions importantes l'attendent ; bientôt, elle montera sur un podium international. Tout le monde l'admire. Pourtant, elle est toujours

---

* Découvre les aventures d'Ada à son stage de patinage en lisant *Glace d'été*, le tome 4 de la série « Miss Frizz ».

stressée et aucun garçon ne réussit à rester avec elle plus de quelques mois. Est-ce que j'aimerais bien devenir comme elle ?

Quand nous sortons de L'étincelle blanche, le soleil est en train de se coucher. Les grands immeubles grisâtres baignent dans une lumière écarlate. Autour de nous règne une certaine animation : des femmes arrosent les plantes sur les terrasses, des gens rentrent chez eux après leur journée de travail. Cependant, les rues et le square voisin sont toujours déserts. Nous, les Perce-Neige, sommes sortis les premiers. Agathe et Max continuent à discuter avec Éliette, et les Aurore s'attardent devant les miroirs, comme d'habitude. Agathe nous a recommandé de l'attendre devant l'entrée et de ne nous en éloigner sous aucun prétexte.

– C'est vraiment triste, cet endroit ! commente Solène.

– Et encore, tu ne vis pas ici ! lui répond Violette. Elle, par contre…

Elle désigne une fille, assise sur le perron d'un immeuble un peu plus loin. Vickie retient son bras :

– Ne la montre pas du doigt, elle nous regarde. Voilà, elle est en colère…

La fille s'est levée et se dirige vers nous d'un pas énergique. Elle doit avoir plus ou moins notre âge. Elle est coiffée de petites tresses serrées, et elle porte un pantalon en coton et un débardeur.

Tout à coup, de l'une des fenêtres, une femme s'adresse à elle dans une langue étrangère.

– Ne t'inquiète pas, maman, je reste là, lui répond-elle.

Elle pousse un soupir exaspéré et continue de s'avancer vers nous en souriant :

– Il est beau, votre minibus ! Vous faites partie d'une équipe de patinage ?

– Oui, dis-je. Notre école est en travaux pour deux mois. En attendant, nous nous entraînons ici.

La fille secoue la tête :

– C'est absurde : vous pouvez aller à

L'étincelle blanche alors que vous n'êtes pas du coin, tandis que nous qui habitons à côté ne pouvons pas en profiter.

– Pourtant, c'est facile : il suffit d'entrer et de t'inscrire, intervient Marius. Je ne vois pas où est le problème…

– C'est ce que j'ai fait l'année dernière, lui rétorque-t-elle. Mais, après deux mois, ma mère m'a retirée de l'école. La plupart des parents ont fait la même chose. Ils rentrent tard du travail et ils n'aiment pas qu'on se promène dans le coin quand ils ne sont pas là. Dès que le soir tombe, le quartier devient un peu dangereux…

– Comment ça ? l'interroge Marius.

– La nationale passe juste à côté ; les voitures se croient sur un circuit de formule 1. En plus, il n'y a jamais personne, pas de réverbères… La mairie avait promis des aménagements, et c'est tombé à l'eau…

Elle regarde autour d'elle d'un air triste, avant de continuer :

– Comment vous vous appelez ? Moi, c'est Aloysia.

– Oh, que c'est joli ! Je vais l'inscrire sur ma liste ! s'écrie Solène.

– Quelle liste ? s'étonne la fille.

Solène s'apprête à lui répondre quand Agathe et Max, accompagnés des Aurore, sortent de la patinoire.

– En route ! lance Max.

À travers la vitre du bus, nous saluons de nouveau Aloysia qui rentre chez elle. Lorsqu'elle a franchi la porte de son immeuble, le quartier semble encore plus abandonné.

5. Un goût amer

– S'il te plaît, Ada ! me lance Anaïs. Pourquoi ça te dérange de lui passer un mot pendant l'intercours ?

– Pas question ! Vous êtes assis à côté : tu n'as qu'à le lui donner toi-même !

– Je suis trop timide… Allez, s'il te plaît…, insiste-t-elle.

– Non, je refuse de jouer les entremetteuses, surtout avec Marius. Maintenant, laisse-moi suivre le cours.

– Passe-lui au moins mon numéro de portable…

– Tu sais quoi, Anaïs ? Je te préférais l'année dernière, quand tu te moquais de moi avec tes copines du club de danse.

– Comment ça ? C'étaient Rose et Clarisse qui se moquaient de toi ! Moi, je te défendais toujours !

– Pff, mais bien sûr…

– Ada et Anaïs, pourriez-vous finir votre discussion pendant l'intercours ?

M. Fabian nous regarde sévèrement, et je rougis jusqu'aux oreilles. C'est exactement ce que je redoutais : me faire mal voir de mon prof préféré. En plus, il était en train de parler d'un atelier qui aura lieu au collège après les cours et auquel j'aimerais bien m'inscrire : l'atelier bandes dessinées. En effet, dessiner est ma seconde passion, après le patinage. Jusqu'ici, je ne faisais que les croquis de mes costumes de gala, mais à présent je

voudrais apprendre à raconter une histoire… S'il était là, je suis sûre qu'Éric m'y encouragerait. Je l'ai rencontré cet été, pendant mon stage à la montagne, et c'est notre passion pour la BD qui nous a rapprochés.

– Je disais donc, reprend M. Fabian, que l'atelier bandes dessinées commencera la semaine prochaine. Qui veut s'inscrire ?

Je lève aussitôt le doigt.

– Ada, tu essaies de toucher le plafond ? plaisante le prof. Parfait, on se retrouve donc lundi, à 17 heures 30.

– Comment ? je demande, stupéfaite. Je croyais que c'était le mardi ?

– Si tu avais écouté, me répond-il, tu saurais qu'il y a eu un changement. Le mardi sera finalement le jour de l'atelier jeux de logique.

– Oh, non ! Le lundi, j'ai patinage…

La cloche retentit. J'ai envie de pleurer. Soudain, Anaïs me glisse un bout de papier dans la main :

– Tu lui donneras, hein ?

Je le déchire en mille morceaux.

– Pourquoi Ada fait cette tête ? demande Violette à Solène, tandis que le bus de la Magic file à toute allure vers L'étincelle blanche.

– Elle ne peut pas aller à l'atelier bandes dessinées. Ils l'ont remplacé par un autre…

J'enrage :

– Jeux de logique ! C'est nul !

Violette agite le doigt avec solennité :

– C'est peut-être le destin... Moi, par exemple, je n'avais pas choisi de faire du patinage...

– Je sais, ce sont tes parents qui ont décidé pour toi.

– Faux, c'était le destin ! Parce que, sans moi, les Perce-Neige s'ennuieraient à mourir ! Toi aussi, tu as peut-être une mission. Et tu la découvriras dans l'atelier jeux de logique !

– Hum, ça m'étonnerait..., je marmonne.

– Dans celui de journalisme, ma mission sera sûrement d'écrire des articles sur la mode ! déclare Solène.

Vickie aussi s'est fixé une mission : consoler la petite Muriel. En effet, l'oreille d'un ours en peluche dépasse de son sac.

Aujourd'hui, nous patinons sur la musique de Beethoven. Nous avons l'habitude de nous entraîner sur ses symphonies, mais ici, à L'étincelle blanche, elles transmettent une émotion plus forte. Ce n'est pas seulement parce que la sonorisation est excellente ; il y a autre chose…

À l'autre bout de la piste, Antoine s'exerce aux portés avec Pamela. Il avait besoin d'une partenaire, et Rebecca a refusé. Pamela devrait être contente : elle a toujours rêvé de patiner avec Antoine. Pourtant, au lieu de sourire, elle lance des regards suppliants à Rebecca, comme pour s'excuser d'avoir pris sa place.

De temps en temps, la frimousse de Muriel apparaît sur le bord de la piste. La petite fille serre dans ses bras l'ours en peluche que Vickie lui a offert, et elle essaie d'attirer son attention. Mais ma copine ne se laisse pas distraire : elle ne lui adresse que quelques sourires. Déçue, Muriel s'éloigne, la tête basse.

Dans les gradins, Éliette se confie à Valérie. Elle a les larmes aux yeux. Ce matin, elle avait rendez-vous avec le maire, François Perron, pour lui parler de la situation de l'école et des travaux à effectuer

dans le quartier. Il ne l'a pas écoutée. Cette année, personne ne s'est encore inscrit à L'étincelle blanche…

Petit à petit, je sens ma gorge se nouer. Marius passe en flèche à côté de moi.

– Pourquoi tu pleures ? me demande-t-il, l'air inquiet. Tu ne patines pas si mal, tu sais…

Je lui hurle à la figure :

– Tu ne comprends vraiment rien !

Et des larmes se mettent à rouler sur mes joues. Violette, Vickie et Solène accourent aussitôt.

– Agathe, est-ce qu'on peut changer la musique ? demande Violette. Parce que, si ça continue, Ada va inonder la piste !

– Moi aussi, je pleure parfois sans raison, me raconte Vickie dans le vestiaire.

Muriel est assise sur ses genoux.

– Moi, je sais pourquoi…, je rectifie.

– Ah bon ?

– Je suis triste pour cette école, c'est tout. Je ne veux pas qu'elle ferme.

Solène plie son body avec soin :

– Qu'est-ce que ça peut te faire ? De toute façon, nous allons retourner à la Magic.

– Tu t'en fiches d'Éliette, d'Aloysia… ?

– Malheureusement, on ne peut rien y faire, observe Violette.

– On n'est même pas du coin…, ajoute Vickie.

– Il doit pourtant y avoir un moyen, dis-je, en fronçant les sourcils.

Violette agite la main pour nous demander de nous taire. À quelques mètres de nous, Pamela et Rebecca sont en train de discuter, et ma copine tente d'entendre leur conversation.

– Tu t'es bien débrouillée, tout à l'heure, avec Antoine.

– Merci, Rebecca ! Alors, tu ne m'en veux pas ?

Rebecca la regarde d'un air étonné :

– Non. Pourquoi ?

– Parce que, le couple d'or, c'étaient vous deux.

– C'est du passé…

– Il suffirait que tu fasses le premier pas…

– Moi ? Sûrement pas ! C'est à lui de le faire ! Mais je crois qu'il est content comme ça… Et moi aussi, après tout.

– Ma sœur est une véritable tête de mule ! s'emporte Violette. Cela dit, Antoine aussi pourrait faire un effort…

Assis sur le perron de L'étincelle blanche, nous attendons les autres pour monter dans le bus de la Magic.

– Regarde, c'est Aloysia ! s'exclame Marius.

Cette fois, elle est accompagnée d'un petit brun au visage boudeur, qui porte un maillot de foot. Aloysia fait les présentations : il s'appelle Aziz.

– Alors, elle ferme quand, cette baraque ? demande-t-il d'un ton méprisant.

– À 20 heures. Les horaires sont affichés sur la porte, lui rétorque sèchement Marius.

– Tu as parfaitement compris ce que je voulais dire. Tout le monde sait que l'école ne fera pas de vieux os ! Je ne comprends même pas pourquoi Éliette l'a ouverte.

– Pour vous, bien sûr ! je m'exclame.

– Aziz est passionné de hockey sur glace, intervient Aloysia. Il est juste déçu…

– Quand L'étincelle blanche a été créée, mes copains et moi, on était tout excités, poursuit Aziz. Léo, le moniteur, parlait même de former une équipe de hockey sur glace ! Et puis, beaucoup de filles s'étaient inscrites en patinage artistique. Éliette répétait que les travaux d'aménagement du quartier allaient commencer d'un jour à l'autre. On n'aurait pas dû la croire : rien qu'au mois de novembre, deux élèves ont été renversés en traversant la rue, et une maman s'est fait voler son sac juste devant l'école. Résultat : nos parents nous ont retirés de L'étincelle blanche.

– Ce n'est pas la faute d'Éliette : elle fait tout ce qu'elle peut. La mairie, en revanche, ne tient pas ses promesses.

Aziz serre les poings :

– Ils se sont tous fichus de nous ! Et vous

en rajoutez, à venir avec votre super minibus !

Marius, furieux, fait quelques pas vers lui. Aloysia s'interpose entre les deux garçons. Aziz lui lance alors un regard dur et tourne les talons.

Je crois avoir compris pourquoi on a lancé des cailloux dans les vitres de la patinoire…

6. Jeu de bluff

J'ai suivi le conseil de Violette : cet après-midi, je suis allée à mon rendez-vous avec le destin. À l'atelier jeux de logique. Je pensais me retrouver au milieu des gens les plus cinglés de l'école, à commencer par le prof, M. Hérault, un monsieur très grand et totalement chauve, toujours vêtu de blanc, comme un gourou. Mais surprise ! il n'y avait là que des élèves « normaux », notamment Héloïse et Guillaume, le skater de la 6e A.

– Ada ? s'est exclamée Héloïse. Je ne m'attendais pas à te voir ici !

– Moi non plus ! ai-je répondu en souriant.

– Tu vas voir, on s'amuse comme des petits fous dans cet atelier !

– Pour aimer le sudoku, c'est vrai qu'il faut être un peu fou ! ai-je commenté.

– Comment ça ? Cette année, on apprend à jouer aux cartes ! Poker, canasta… Le prof affirme que c'est le meilleur moyen de faire travailler les méninges !

M. Hérault l'a en effet expliqué : l'objectif de l'atelier est d'améliorer certaines de nos capacités intellectuelles grâce aux jeux de cartes :

– Ils permettent d'exercer la mémoire, de faire fonctionner l'intuition, et ils nous habituent à respecter les règles. Certains, comme le poker par exemple, développent même nos dons de comédien.

Le prof a fait une pause, puis il a continué :

– Vous savez ce qu'est le bluff ?

Guillaume a levé le doigt :

– C'est une sorte de tricherie, non ?

– Pas exactement, lui a répondu M. Hérault. Bluffer, c'est essayer de désorienter son adversaire. Tu peux lui faire croire que tu as de bonnes cartes, même si tu en as de mauvaises, ou au contraire faire semblant d'être en difficulté, alors que tu as un très beau jeu. Mais j'y reviendrai. Pour le moment, mettez-vous deux par deux.

J'ai posé la tête sur ma table. J'ignorais toujours la mission que m'avait confiée le destin, mais je savais que j'allais m'ennuyer à mourir dans cet atelier !

Après l'atelier, j'ai rejoint Alex, et nous sommes allés faire les courses pour mamie Cloche-pied (nous surnommons ma grand-mère ainsi depuis qu'elle s'est cassé le fémur). En arrivant chez elle, nous nous sommes écroulés sur son canapé, ce qui lui a permis de nous servir l'un de ses refrains favoris au sujet des jeunes d'aujourd'hui :

– À ton âge, Alex, je me levais aux aurores et je faisais des kilomètres pour aller travailler.

C'est ainsi qu'on a appris que mamie Cloche-pied avait été ouvrière dans l'usine de tabac où se trouve maintenant L'étincelle blanche.

– Je voulais m'acheter une machine à coudre, mais ma famille n'était pas riche. Tous les jours, je me levais à quatre heures du matin pour aider mon père à la boulangerie, puis je sautais sur mon vélo, direction l'usine !

– Heureusement qu'elle a fermé, a commenté Alex. Vous fabriquiez du poison !

– À cette époque, on ne connaissait pas les méfaits du tabac, lui a répondu mamie Cloche-pied. Moi, je ne fumais pas : à force de fabriquer des cigarettes, je ne pouvais plus les voir !

Pendant que nous rangions les provisions dans les placards, Alex m'a chuchoté :

– J'ai cherché des informations sur Internet au sujet du quartier de L'étincelle blanche. Officiellement, le maire a stoppé les travaux d'aménagement parce que le conseil municipal a refusé de les financer. Seulement, le bruit court que Perron a bien reçu les sous et qu'il les a utilisés ailleurs, dans un quartier où ses amis ont des intérêts.

– Mais c'est du mensonge… du bluff ! me suis-je écriée.

– Tout à fait ! Pourquoi tu fais cette tête ?

– Parce que je commence à croire au destin.

Bluff. Ce mot n'a cessé de résonner en moi toute la soirée, puis toute la journée du lendemain, à l'école. S'il y a bien une mission que pouvait me confier le destin, c'est celle d'aider Éliette et son école. Et « bluff » est le mot-clé.

Par la fenêtre du bus de la Magic, je vois se profiler au bout de la rue la silhouette massive de L'étincelle blanche. Aloysia et Aziz sont assis sur le muret bordant le parking qui donne sur la route nationale. Un petit groupe d'enfants est à leurs côtés.

Magic Ice School
Magic Ice

Solène sourit :

– On dirait que notre fan club nous attend… On est en train de devenir célèbres !

– Célèbres, mais pas très populaires, ajoute Violette, en observant les visages sombres des enfants.

Les Aurore, indifférents, descendent du bus et se dirigent vers l'école. Nous nous apprêtons à les suivre quand Aziz nous interpelle :

– Déjà de retour ?

– Ça te pose un problème ? rétorque Marius.

– Au contraire, profitez-en ! lui répond Aziz. J'ai entendu dire que la fermeture est pour la semaine prochaine.

– Et qui raconte ces bobards ?

– C'est un bruit qui court. Mais c'est sûrement vrai : personne ne vient plus, les moniteurs sont tous partis, et Éliette n'a plus un sou. Comment tu veux que ça continue ?

Tout à coup, j'éclate de rire :

– Tu es complètement à côté de la plaque ! Tu crois qu'une école sur le point de fermer organiserait une super fête d'Halloween sur la glace ?

D'où m'est venue cette idée ? Je n'en sais rien ! Marius se tourne vers moi, prêt à m'interroger, mais je lui donne un coup de coude pour le faire taire.

– Une fête d'Halloween ? murmure l'une des filles du groupe.

– Tout à fait ! dis-je, enthousiaste. Avec des déguisements et des spectacles sur glace ! Il y aura du monde. Évidemment, vous êtes invités !

– Mais bien sûr..., ronchonne Aziz. Je n'y croirai que quand je la verrai, ta fête !

– Alors, prépare-toi, car tu vas être ébloui ! intervient Violette. Vous savez quel sera le clou de la soirée ? Une performance de patinage en couple, par Antoine Ozan et Rebecca Bonneval, aussi appelés le « couple d'or ».

Je regarde Violette, stupéfaite. Moi qui pensais être la reine du bluff !

7. The Ice Dance

– Qu'est-ce qui vous a pris de dire ça ? gronde Max. L'école ne vous appartient pas !

Je m'avance vers lui :

– C'est ma faute. Je ne voulais pas que les enfants du quartier pensent que L'étincelle blanche allait fermer…

– Je te croyais plus raisonnable que ça, Ada, tu me déçois. Éliette, je suis désolée, nous allons…

Celle-ci l'interrompt :

– Ada pensait me rendre service… Et quand on y réfléchit, son idée est intéressante. Je me bats pour cette école depuis un an, mais au fond de moi quelque chose me dit que c'est peine perdue. Je baisse un peu plus les bras à chaque fois qu'un élève s'en va ou qu'un moniteur donne sa démission. Alors que je devrais rester optimiste, oser…

– Bluffer ? je suggère.

Éliette rit doucement :

– Pourquoi pas ? Malheureusement, ce n'est pas dans mon caractère. Mais il est grand temps que je me réveille ! Oui, Ada, ton idée me plaît : cette fête mettra à tout le monde un peu de baume au cœur !

– Super ! J'ai déjà imaginé un dessin pour les invitations !

Max m'adresse encore un regard sévère. Puis il esquisse un sourire…

– Maintenant, tu dois tenir ta promesse, je murmure à Violette, tandis que nous entrons en piste avec les autres Perce-Neige. Et je suis curieuse de voir comment tu vas t'en sortir…

Antoine et Rebecca s'entraînent loin l'un de l'autre. En quinze jours, ils ne se sont jamais adressé la parole. Pourtant, ils se lancent régulièrement des coups d'œil furtifs : quelque chose a changé.

– Il y a du progrès, non ? demande Violette, pleine d'espoir.

Marius secoue la tête :

– Bof… À ce rythme-là, ils feront la paix en 2046 !

Un sourire étrange apparaît sur le visage de Violette.

Agathe est en train de régler la sonorisation. Après avoir exécuté quelques voltes, Antoine s'approche de Pamela :

– Je voudrais m'entraîner aux portés. Ça te dit ?

Inquiète, Pamela observe Rebecca :

– Euh… je ne sais pas trop.

– Allez ! l'encourage Antoine. C'est un plaisir de te soulever : tu es légère comme une plume !

Rebecca les ignore complètement ; elle continue de s'exercer au double axel, comme si de rien n'était.

Tout à coup, une musique cristalline s'échappe des haut-parleurs. Antoine s'arrête aussitôt de patiner, et Rebecca se retourne, pétrifiée. Les Aurore, eux, s'échangent des regards stupéfaits. Solène s'accroche à mon bras.

– Ce morceau, c'est *The Ice Dance* ! me glisse-t-elle. C'est *leur* morceau !

Nous, les Perce-Neige, titubions encore sur nos patins quand Antoine et Rebecca interprétaient sur la glace leur chorégraphie sur la bouleversante *The Ice Dance*, la musique du film *Edward aux mains d'argent.* Ils semblaient tout droit sortis d'un conte de fées. En les admirant, j'étais comme envoûtée ; c'était magique ! Depuis que le couple d'or s'est séparé, personne n'a plus patiné sur *The Ice Dance*, à la

Magic, pas même pendant les entraînements.

Sur la piste, tout le monde retient son souffle. Nous sommes tellement émus ! Même Marius serre les lèvres.

Antoine décide de réagir et tend la main à Pamela. Mais celle-ci recule :

– Non, je ne peux pas… Je suis désolée…

Sa voix tremble tandis que des larmes commencent à rouler sur ses joues.

– On peut mettre un autre morceau ? demande Rebecca, mal à l'aise.

Agathe apparaît en haut des gradins. Elle semble décontenancée :

– Je ne pensais pas mettre cette musique. Je n'ai même pas apporté le CD d'*Edward aux mains d'argent*…

Pamela patine jusqu'à la balustrade, bouleversée :

– Agathe, laisse cette musique, s'il te plaît ! Antoine et Rebecca doivent l'écouter. Ils ont oublié ce qu'elle signifiait pour nous tous. Une telle magie ne peut pas disparaître à cause de petites disputes ridicules !

– Bravo, Pam ! s'écrient les Aurore et les Perce-Neige.

Antoine a une drôle d'allure quand il est ému : sa pomme d'Adam n'arrête pas de monter et de descendre.

– Pam, ne te mêle pas de ça, balbutie-t-il. Tu ne peux pas comprendre.

– Au contraire ! s'exclame-elle. Rebecca t'a laissé tomber. Mais l'erreur est humaine ; pas vrai, Rebecca ?

Celle-ci rougit jusqu'aux oreilles et détourne le regard. Tous les yeux sont posés sur elle. Chacun attend qu'elle réponde.

– D'accord, j'ai eu tort, finit-elle par reconnaître. Seulement, ça ne signifie pas que…

Pamela court vers elle et lui prend les mains :

– Ça signifie que vous allez faire la paix !

Rebecca essaie de se libérer, mais Pamela la retient. Résultat : elle glisse et tombe aux pieds d'Antoine.

– Je n'aurais jamais espéré te voir à genoux devant moi !

– Très drôle ! lui répond Rebecca en se relevant.

– Pas autant que de s'entendre surnommer « le nain boutonneux » ! réplique Antoine.

– Tu étais beaucoup plus petit que moi et ton visage était couvert d'acné : comment tu voulais que je t'appelle ?

Elle lisse sa jupette du plat de sa main, l'air honteux.

– Mais je dois admettre que tu t'es beaucoup amélioré, poursuit-elle. Sur les patins, notamment.

– Merci. Toi aussi.

Ils se fixent pendant un instant qui semble une éternité. Sur la piste, on entendrait une mouche voler. Finalement, Rebecca rompt le silence :

– Mais je ne veux pas entendre parler de « couple », d'accord ? Dans les compétions, chacun est libre de patiner avec qui il veut.

Antoine sourit :

– Pour ça, on a encore le temps !

Il tend la main à Rebecca et celle-ci la serre fort.

Puis, comme poussés par une force invisible, ils s'élancent sur la glace. Les élèves leur font une véritable ovation.

Max a rejoint Agathe dans les gradins. Il n'en croit pas ses yeux :

– Dis-moi que je rêve…

– Si je ne le voyais pas de mes propres yeux, moi non plus je n'y croirais pas, commente Agathe en se grattant la tête.

Pamela, l'héroïne de la journée, est portée en triomphe.

– Je n'ai rien fait, se défend-elle, c'est cette musique… juste au bon moment ! Si Agathe ne s'était pas trompée de CD…

Je fronce les sourcils :

– Hum, c'est bizarre : Agathe ne se trompe jamais…

– Tu suspectes quelqu'un ? m'interroge Solène.

– C'est le destin ! intervient Violette.

– Mais bien sûr…, soupire Marius. Le destin a glissé le CD d'*Edward aux mains d'argent* dans le sac d'Agathe…

– D'accord…, avoue Violette. Mais le destin m'a permis de retrouver ce CD en rangeant ma chambre. Et il m'a soufflé l'idée de remplacer celui de Beethoven par celui-là !

8. Lady Jolly à la rescousse

– Je savais que Rebecca reviendrait vers ce gringalet !

Alex est en train de confectionner une crème chantilly. En effet, à ses heures perdues, il se fait la main dans la cuisine de La Viennoise. Même s'il veut poursuivre ses études, il tient à apprendre « l'art de la famille ». Mais s'il hérite un jour de La Viennoise, il en fera une pâtisserie végane, c'est-à-dire sans laitages ni œufs. Ce genre de discours a le don d'énerver mon père : « Si tu veux utiliser du soja et du son, lance-toi dans l'élevage de poulets, pas dans la pâtisserie ! »

Je m'assieds près d'Alex :

– Premièrement, Antoine est plus musclé que toi ; deuxièmement, il ne forme un couple avec Rebecca que sur la glace, pas dans la vie.

– Mais leur vie est sur la glace ! me rétorque Alex.

– Donc, tu ne lui en veux pas ?

– Non, il sait comment s'y prendre avec Rebecca.

Intriguée, je demande :

– Comment ça ?

– Il l'attrape par une jambe et la lance comme un frisbee !

Nous éclatons de rire. Alex remplit deux tasses de chantilly et m'en offre une. C'est une merveille.

– Oh là là, qu'est-ce qu'elle est bonne ! Mais je sens quelque chose de différent…

– En effet : c'est de la chantilly au soja.

– Si papa trouve des traces de ce truc dans sa cuisine…

– Justement, aide-moi à la finir !

Quelques instants plus tard, ma mère apparaît sur le seuil de la porte :

– Alex, la mère de Solène a commandé un café crème à son institut de beauté : tu peux le lui apporter ?

Alex la fixe, l'air terrorisé :

– Pas question ! La dernière fois que je suis allé là-bas, je suis tombé sur ma prof de physique qui se faisait épiler la moustache. Depuis, elle me déteste.

– Je m'en occupe, maman, dis-je.

Amaryllis est l'institut de beauté le plus chic de la ville. Arrivée devant l'élégante vitrine, je jette un coup d'œil à mon plateau : ouf ! je n'ai pas renversé de café. Mais comment sonner avec ce plateau dans les mains ? Avec le coude ? Le nez ? Heureusement, à ce moment-là, quelqu'un sort.

Je pénètre dans le hall luxueux.

– C'est le café pour Mme Parma ? me demande une esthéticienne en blouse blanche. Viens, ma belle, je t'accompagne.

La dame m'emmène dans une salle au centre de laquelle trône un énorme bain bouillonnant. Une deuxième esthéticienne s'approche et pose la main sur ma tignasse moitié châtain, moitié couleur foin :

– Caramel sur base marron glacé ! Qui t'a fait cette jolie couleur, mon chou ?

J'écarquille les yeux :

– Ma mère.

– Elle est coiffeuse ?

– Non, pâtissière.

– Oh, que c'est amusant ! En effet, caramel et marron glacé : la maman ne pouvait être que pâtissière !

Je ne sais pas ce qu'a compris l'esthéticienne : mes cheveux sont pourtant bien naturels !

D'une pièce voisine nous parvient la voix rauque de Déborah Parma, reconnaissable entre toutes :

– C’est mon café ?

J’entre dans un petit salon aux murs couleur lilas et manque de faire tomber mon plateau. Devant moi, assis face à un grand miroir, un martien a pris la place de Déborah. Sa peau est verte et des bandes argentées recouvrent sa tête.

Le martien installe le plateau sur ses genoux et sirote son café :

– Ah, ça fait du bien ! Ici, ils ne proposent que des tisanes. J’ai aussi demandé que l’on m’apporte quelques journaux : les revues de mode, on s’en lasse vite… Tu as l’air surprise, Ada : tu n’as jamais vu quelqu’un en train de se faire un balayage ?

– C’est le truc vert que tu as sur le visage ?

– Non, ça, c’est un masque aux algues. Le balayage, c’est ce que j’ai dans les cheveux.

Tout cela n’est pas très passionnant ; pourtant, la mère de Solène est loin d’être superficielle. Avant de se marier et de devenir joueuse de cartes, elle a fait un peu de tout, de la détective à la pilote de rallye. Pendant un temps, Madonna l’a même

engagée comme sosie pour désorienter ses fans quand elle faisait du shopping. Seulement, elle l'a licenciée lorsqu'elle s'est aperçue que sa doublure dépensait des sommes astronomiques dans les boutiques…

Déborah prend le journal régional et commence à le feuilleter. Je m'apprête à partir quand, tout à coup, elle s'exclame :

– Tiens ! Ils parlent de François Perron ! J'avais presque oublié son vrai nom. Désormais, il coupe plus de rubans que de jeux de cartes !

Ce nom me rappelle quelque chose.

– François Perron ?

Déborah m'indique une photo dans le journal :

– C'est le maire d'une ville voisine. Et, quand il joue aux cartes, son pseudonyme est Méphisto. Il est très fort, et au niveau régional, c'est le seul qui pourrait me battre. Il le sait bien : depuis des années, il me harcèle pour organiser un face-à-face. Pour Méphisto, l'emporter contre Lady Jolly serait une sorte de consécration. Mais ça m'amuse de le faire poireauter !

J'observe le portrait de François Perron : la cinquantaine, des épaules larges et un cou de taureau. Une légende complète la photo : *François Perron à l'inauguration du nouveau centre commercial.*

– Tu n'es pas un peu jeune pour t'intéresser à la politique régionale ? plaisante Déborah.

Je la regarde, surprise :

– Soly ne t'a rien dit sur L'étincelle blanche ?

Alors, je lui parle d'Éliette, de son école et de l'argent jamais attribué. Déborah semble très touchée par l'histoire d'Aloysia et de ses amis. Elle fronce ses sourcils recouverts de boue argileuse : la croûte verdâtre se creuse de mille petites fissures.

– Je sais ce que c'est, de grandir dans un endroit de ce genre. Tu as l'impression d'être abandonné par le monde entier, que les enfants comme toi n'ont aucun intérêt. Et tu ne survis que si tu réussis à trouver quelque chose qui t'aide à te sentir quelqu'un d'important.

Tout à coup, Déborah change d'expression. Elle sort son portable de son sac et compose un numéro :

– Bonjour, suis-je bien à la mairie ? Pourriez-vous me passer le bureau de François Perron, s'il vous plaît ? Dites-lui que Lady Jol… euh… une collègue le demande.

Puis Déborah se tourne vers moi :

– Je crois avoir trouvé un moyen d'aider L'étincelle blanche. Mais motus et bouche cousue, d'accord ?

9. Apprentis chorégraphes

Depuis qu'Antoine et Rebecca ont fait la paix, les élèves de la Magic font preuve d'une énergie débordante. Trop débordante, selon Agathe. Accoudée à la balustrade longeant la piste de L'étincelle blanche, elle s'adresse aux Aurore :

– Je comprends votre enthousiasme, mais vous devriez le réserver pour les compétitions à venir. Inventer une nouvelle chorégraphie pour Halloween, ce serait dépenser de l'énergie pour rien...

– Nous avons besoin d'être motivés ! s'exclame Rebecca. Antoine et moi avons changé. *The Ice Dance*, c'est de l'histoire ancienne !

– Ni Max ni moi n'avons le temps d'imaginer un nouveau spectacle, lui rétorque Agathe. Nous travaillons déjà sur le gala d'inauguration de la Magic, et...

– Antoine en a inventé un ! l'interrompt Pamela. Une chorégraphie collective très réussie ! Il s'est inspiré de *L'étrange Noël de monsieur Jack*, le film d'animation de Tim Burton.

Agathe semble perplexe. Antoine s'approche d'elle, un paquet de feuilles entre les mains. Elles sont couvertes de toute une série de croquis à l'aide desquels il lui présente son projet. Agathe secoue la tête plusieurs fois, mais, peu à peu, son expression méfiante se transforme en un demi-sourire.

– Le clou du spectacle, ce sera la danse de Jack et Sally : c'est le début de l'histoire d'amour des deux personnages, conclut-il.

Les Aurore sautent de joie :

– Allez, Agathe, ce sera fantastique !

Violette et Solène me prennent à part :

– Et nous, les Perce-Neige, on ne propose rien ? Il faut qu'on trouve une idée !

– Qu'est-ce que vous êtes en train de comploter, vous trois ? nous interroge Agathe, soupçonneuse.

– Nous aussi, nous avons une chorégraphie ! lance Violette.

– Ah oui ? s'étonne Agathe. Et quelle musique avez-vous choisie ?

Je commence à bredouiller :

– Euh… Bon, le thème est lié à Halloween, évidemment… La magie, les sorcières…

Mes yeux se posent sur un balai abandonné à côté de la balustrade.

– Des balais…

– Des balais ? Viens-en au fait, Ada ! s'impatiente Agathe.

Tout à coup, on entend la voix timide de Vickie :

– On a opté pour *L'apprenti sorcier* de Paul Dukas. Marius sera l'apprenti, et nous, ses balais magiques !

Elle n'a même pas rougi en inventant ça ! Je lui glisse à l'oreille :

– Toi aussi, tu fais partie du club du bluff ?

Agathe fronce les sourcils :

– Je m'attendais à pire. Vous, les filles, vous n'avez même pas besoin de vous exercer : vous êtes naturellement raides comme des manches à balai ! Oui, ça pourrait marcher… Mais qu'est-ce que c'est que ça ?

La piste s'est soudain transformée en une discothèque géante : les Aurore ont fait partir la musique sur laquelle ils patineront, une sorte de remix disco d'un des morceaux de *L'étrange Noël de monsieur Jack.*

– Waouh ! s'écrie Solène.

– Arrête de t'agiter comme ça ! Souviens-toi : tu es un balai ! intervient Violette, tandis qu'Agathe, furieuse, fonce droit sur les Aurore.

Je sautille de joie :

– Ouf ! Nous sommes sauvés ! Bravo, Vickie ! Maintenant qu'on a la musique, trouver la chorégraphie sera un jeu d'enfants. Pas vrai, Marius ?

– Je ferai de mon mieux.

Violette se tourne vers moi :

– Ada, tu pourras t'occuper des costumes ?

– Oui, je vais aussi en parler à ma grand-mère.

– Super ! Les amis, je sens que cette fête va être un succès !

– Qu'est-ce qui se passe, Miss Frizz ? me demande ma mère dans la voiture, tandis que nous rentrons chez nous. Toute l'après-midi, tes camarades du collège n'ont pas arrêté de téléphoner à la maison.

– Ah bon ? Qu'est ce qu'ils voulaient ?

– Une invitation pour la fête d'Halloween de L'étincelle blanche. Attends, comment a dit ton amie Anaïs ? « Ce sera la soirée la plus branchée de l'année ! »

– Quoi ?

Je n'en reviens pas : ma « fête bluff », organisée pour sauver une école au bord de la faillite, est devenue une « soirée branchée » ? J'ai dû rater un épisode… À moins que ce soit grâce à une experte en publicité nommée Valérie Chazac ?

10. Les anges de l'asphalte

– Vous avez vu ? Le bouche à oreille, ça marche ! jubile Valérie, dans le bus de la Magic. Prenez une idée intéressante, faites-la circuler dans certains milieux bien choisis, et vous obtenez un phénomène de mode !

– Ça m'arrive toujours avec mes vêtements, commente Solène. Quand je porte une nouvelle tenue à l'école, tout le monde veut la même !

Valérie lui sourit :

– Si un jour je dois promouvoir une ligne de prêt-à-porter, je penserai à toi ! Mais, pour lancer une fête, Ricky MacGinty est parfait ! C'est un organisateur de soirées très reconnu. Il suffit de savoir où il travaille pour connaître les prochaines soirées à ne pas manquer ! Nous sommes de vieux amis, et il me donne un coup de main pour la décoration de l'école. Ricky a fait de la publicité pour la fête, et le message est passé. À Halloween, on ne parlera que de L'étincelle blanche ! Je parie qu'Éliette sera folle de joie !

– Valérie, ça devait être une petite fête pour les enfants du quartier, pas un événement mondain !

Éliette ne semble pas vraiment folle de joie… Nous entendons sa voix pleine de sanglots jusque dans la salle de gymnastique :

– La foule, les journalistes… Tu aurais pu m'en parler ! L'étincelle blanche sera célèbre le temps d'une soirée, et les enfants se feront des illusions. Mais le lendemain ils s'apercevront que rien n'a changé. Résultat : ils me détesteront encore plus !

Nous nous regardons, attristés. Agathe pousse un soupir exaspéré :

– Je vois que vous ne pouvez pas vous concentrer sur les exercices… Allons sur la piste, on sera plus tranquilles. Et toi, petite, qu'est-ce que tu veux ?

Muriel vient de se glisser dans la pièce et s'est blottie contre Vickie :

– Maman est en colère : elle m'a demandé d'aller jouer ailleurs…

Vickie écarte une boucle brune du visage de la fillette :

– Après l'entraînement, je viendrai jouer avec toi. Promis, juré.

Murielle s'éloigne à contrecœur.

La chorégraphie d'Antoine est fantastique : on se croirait vraiment dans *L'étrange*

Noël de monsieur Jack. Il n'a pas insisté sur les acrobaties, mais plutôt sur la fluidité des pas et la rapidité des enchaînements. Les Aurore réalisent surtout des spirales et des pirouettes, exceptée Rebecca, qui incarne Sally et qui, entre sauts et portés, ne touche presque pas la piste.

– Où cachais-tu toute cette créativité, Antoine ? s'étonne Max.

Antoine regarde Rebecca et sourit :

– Je la gardais pour une bonne occasion…

Agathe, elle, est en train de suivre nos entraînements sur la musique de *L'apprenti sorcier* ; elle fait la grimace :

– C'est un travail très original… Seulement, j'ai peur que le public ne s'en aperçoive même pas : il sortira abruti du spectacle des Aurore, avec cette musique assourdissante…

– Tant mieux ! s'écrie Marius, l'air malin. Un public abruti, ça nous arrangera : il ne s'apercevra pas de nos erreurs ! Vous, les balais, vous ne faites que des bêtises depuis tout à l'heure. Votre programme n'est pourtant pas compliqué !

– Tais-toi, espèce de crâneur ! lui lance Solène. Toi, tu patines tout seul : ce n'est pas difficile, tu n'as qu'à suivre la musique !

Violette intervient :

– Nous, nous devons patiner toutes en même temps !

– Et, avec tous ces sauts, ce n'est pas simple ! j'ajoute.

Agathe nous interrompt, autoritaire :

– C'est parce qu'il ne suffit pas de bouger en même temps.

Elle pointe l'index sur son front :

– L'harmonie doit être ici, dans vos têtes ! Vous devez imaginer que vous êtes une seule et même personne, avec un cerveau et huit jambes.

– Comme une araignée ? demande Vickie.

– Beurk ! Plutôt une pieuvre ! s'écrie Solène.

Violette affiche une expression dégoûtée :

– Je préfère encore les araignées !

– SILENCE ! rugit Agathe. Bon, vous avez compris l'idée. Allez, recommencez !

Je ferme les yeux et tente de me représenter une araignée aussi mignonne que possible. J'ignore ce que les autres imaginent, mais, quand nous reprenons l'entraînement, ça va beaucoup mieux. Nous patinons plus à l'unisson et nos sauts sont presque synchronisés.

Agathe semble satisfaite :

– Si vous continuez comme ça, on pourra peut-être présenter *L'apprenti sorcier* au gala d'inauguration de la Magic… Au fait, quelle heure est-il ?

Dehors, la nuit est déjà tombée. Nous nous précipitons hors de la piste.

Muriel apparaît dans l'encadrement de la porte du vestiaire :

– Vickie, tu viens jouer avec moi ?

– Je ne peux pas : il est trop tard…

– Je t'ai attendue toute l'après-midi ; je voulais aller jouer dans le square…

Vickie caresse le menton de la petite fille :

– Il fait nuit, maintenant. La prochaine fois…

– Tu avais promis ! crie la brunette. Toi aussi, tu es méchante !

En entendant les cris de Muriel, Éliette se précipite dans le vestiaire :

– Pas de caprices !

Elle tente d'emmener sa fille avec elle, mais celle-ci se débat :

– Laisse-moi ! Je veux aller jouer dans le parc !

D'un geste brusque, Muriel se dégage des bras de sa mère et s'enfuit à toutes jambes.

– Muriel, viens ici !

Éliette s'apprête à courir derrière elle, quand elle trébuche sur le sac de Vickie. Elle s'écroule par terre, esquissant une grimace de douleur.

Soudain, elle devient pâle :

– La porte qui donne sur la route n'est pas fermée à clef ! Muriel !

Déjà, nous entendons la porte d'entrée claquer. Nous nous précipitons dans le couloir. Antoine et Marius, encore à moitié nus, y sont déjà. Éliette, désespérée, les suit en boitillant, soutenue par les Aurore. Nous arrivons dans le hall d'accueil juste à temps pour voir Antoine dévaler les marches du perron, derrière Muriel qui court comme une folle vers la route nationale à côté du square. Nous hurlons :

– Muriel ! Muriel !

Antoine est loin derrière la petite fille, et celle-ci a déjà atteint le bord de la route, où les voitures défilent à toute vitesse. Agathe

est pétrifiée ; Solène cache son visage dans ses mains. Tout à coup, deux enfants surgissent de la pénombre. Rapides comme l'éclair, ils saisissent Muriel au moment même où elle s'apprêtait à se lancer sur la chaussée. Nous pouvons enfin respirer. Éliette tombe à genoux en sanglotant. Muriel l'a échappé belle !

Les deux enfants se dirigent vers L'étincelle blanche, tenant chacun la fillette par une main. C'est Aloysia et Aziz !

– Il s'en est fallu de peu, marmonne Aziz.

Aloysia pousse Muriel vers le perron en lui donnant une petite tape sur le derrière. La brunette lui adresse une grimace. Elle n'a pas conscience du danger qu'elle vient de courir.

Éliette l'attrape par le bras :

– Ne recommence jamais, compris ?

Puis elle la serre contre elle. Après quelques instants, elle se tourne vers Aloysia et Aziz :

– Les enfants, je ne sais pas comment vous remercier…

– Bah, on était là au bon moment…, bredouille Aziz. Ce n'est pas la première fois.

– Vous avez sauvé d'autres enfants ? leur demande Vickie.

– C'est une route dangereuse, répond juste Aloysia.

D'une terrasse voisine, quelqu'un crie son nom.

– Oui, maman, j'arrive !

Elle nous dit au revoir et s'éloigne rapidement, accompagnée d'Aziz.

– Attendez !

Éliette court vers eux :

– Écoutez, j'espère améliorer le quartier. Je ne réussirai peut-être pas, mais vous aurez au moins gagné une fête inoubliable…

Nous n'entendons pas la réponse des enfants. Cependant, dans la pénombre, nous les voyons serrer les mains d'Éliette…

Le bus de la Magic file sur l'autoroute. Max met un CD : une musique douce et relaxante. Pelotonnée dans mon siège, je repense à Aloysia et Aziz. Mon univers est si rassurant, bien plus que le leur… Pourtant, j'aurais pu être à leur place ; tout n'est qu'une question de hasard, un peu comme au poker…

Déborah ! Je l'avais presque oubliée ! Le destin de L'étincelle blanche se joue peut-être en ce moment… Et il ne dépend que d'un jeu de cartes et des sourires de Lady Jolly…

11. Comme dans un conte de fées

Ces derniers jours, j'ai passé toutes mes soirées à L'étincelle blanche. Après les cours, ma mère m'accompagnait à la Magic, d'où part le minibus. Solène, Marius et moi faisions nos devoirs pendant le trajet.

Tout à l'heure, en arrivant devant la Magic, maman s'est tournée vers moi :

– Heureusement que la fête a lieu demain : tu es épuisée…

– Oui, mais ça en vaut la peine. Ça va être fantastique ! Ricky et Valérie ont fait du beau travail à L'étincelle blanche. Ricky a recyclé les décorations d'une soirée organisée dans un château ; comme ça, Éliette ne dépensera rien. Tout le monde a donné un coup de main, même Muriel ! Elle s'est amusée à poser des citrouilles un peu partout.

Je repense à Aloysia et Aziz :

– Dommage que, dans le quartier, rien n'ait changé. J'espérais que la situation s'améliorerait…

Ma mère secoue la tête :

– Je me demande ce que fabrique le maire toute la journée… Il joue aux cartes, ou quoi ?

Elle ne croit pas si bien dire…

Aujourd'hui, Éliette n'est pas à L'étincelle blanche. Valérie l'a obligée à prendre un jour de congé qu'elle pourra consacrer à Muriel. Ricky et Valérie s'occupent des derniers préparatifs de la fête. Notre décorateur est venu avec toute son équipe. Les Aurore l'adorent, car il s'est aussitôt enthousiasmé pour leur spectacle. Il a même promis d'amener une machine à fumée pour créer une ambiance digne d'Halloween. Les Perce-Neige, cependant, l'aiment moins. Et moi, depuis cinq minutes, je le déteste. En effet, il vient d'affirmer que les costumes de *L'apprenti sorcier*, dessinés par mes soins et cousus par mamie Cloche-pied, sont dignes d'une fête scolaire de fin d'année.

– Ada, ces tenues sont fantastiques ! me défend Violette. Les balais sont drôlement réalistes : si je croise une sorcière, j'ai peur qu'elle monte à califourchon sur mon dos !

Lorsque nous entrons sur la piste quelques instants plus tard, nous restons stupéfaites. Agathe, les mains sur les hanches, est en train de gronder Marius. Qu'a-t-elle donc à reprocher à son chouchou ?

– Ton rôle est assez compliqué comme ça ! hurle-t-elle. Arrête d'ajouter une acrobatie à chaque nouvel entraînement ! Si tu dois exécuter un double saut, ne le transforme pas en triple. Tu as tendance à exagérer, Marius. Attention : plus on exagère, plus le risque d'erreur est élevé !

Notre ami l'écoute sans broncher. Je n'en crois pas mes oreilles : Agathe ne s'était jamais énervée contre lui !

À présent, nous nous entraînons tous ensemble. Marius a les yeux rouges et l'air abattu. Pourtant, Agathe croit en lui. Elle est même intervenue auprès de son père pour que celui-ci ne le retire pas de l'école. En effet, M. Morel considère que le patinage artistique est un sport de filles ; il voudrait inscrire son fils dans un club de foot ou le voir pratiquer n'importe quel autre sport plus masculin. Marius est très reconnaissant envers Agathe, c'est pourquoi il accepte tout ce qui vient d'elle. Même les critiques.

Agathe nous observe attentivement :

– Violette, c'est très bien ! Solène, attention à… Qu'est-ce qui se passe ?

Le grondement d'un moteur fait trembler les vitres.

– On dirait que ça vient de dehors…, observe Solène.

Des voix masculines viennent se superposer au bruit de moteur. Max et Agathe se regardent, interloqués.

Soudain, une porte s'ouvre. C'est Valérie ; elle semble tout excitée :

– Les enfants, tenez-vous bien : LES TRAVAUX COMMENCENT !

Un tonnerre d'applaudissements éclate sur la piste. Impossible de me retenir ; je crie de toutes mes forces :

– Vive Lady Jolly !

Les autres me regardent, étonnés. Sauf Solène.

– Alors, tu savais ? je demande à mon amie.

Pour toute réponse, elle m'adresse un clin d'œil.

Tandis que nous nous changeons, Solène me raconte le dernier chapitre de l'histoire :

– Hier, c'était le grand jour : Lady Jolly et Méphisto se sont affrontés au poker. Ma mère avait posé ses conditions : en cas de défaite, elle avait promis d'abandonner la compétition, laissant ainsi à Méphisto la première place dans les championnats régionaux de poker ; si, en revanche elle l'emportait, il devait commencer les travaux dans le quartier de L'étincelle blanche sous vingt-quatre heures. Déborah était sûre que Méphisto accepterait le défi : l'idée d'éliminer définitivement ma mère de tous les tournois était trop tentante. Mais il va devoir se faire une raison : Déborah est plus forte que lui. Elle lui a fait croire qu'elle avait un full aux as alors qu'elle ne possédait qu'une double paire.

– Tu es sûre qu'il tiendra sa promesse ? je l'interroge.

– Oh, oui ! C'est une question d'honneur. Si Méphisto se risquait à mentir à Lady Jolly, même le joueur le plus nul ne voudrait plus de lui. Et il préférerait quitter la mairie, plutôt qu'abandonner les cartes !

Devant L'étincelle blanche, tout le monde est fou de joie. Aloysia et ses amies se sont mises à danser, et Marius plaisante avec

Aziz. Valérie, elle, a les larmes aux yeux. Des mères du voisinage sont venues consulter le panneau informatif : *Travaux d'aménagement : plantation d'arbres sur les trottoirs, éclairage public, piste cyclable, passages pour piétons…*

Incrédule, je fixe les camions et les ouvriers qui tendent un ruban blanc et rouge autour de la zone concernée.

– Valérie, pourquoi Éliette n'est-elle pas là pour fêter la bonne nouvelle avec nous ? demande Agathe.

– Je ne lui ai encore rien dit, lui répond Valérie. Si elle savait, elle accourrait à L'étincelle blanche, et pour une fois que Muriel peut passer du temps avec sa maman…

Quelqu'un me touche l'épaule. C'est Aloysia.

– Tout ça, c'est merveilleux, me dit-elle, mais pour le moment l'endroit est encore dangereux quand la nuit tombe : je ne sais pas qui pourra venir à la fête d'Halloween.

– Mais tu as bien lu le prospectus annonçant la fête ?

TRAVAUX

Aloysia sort de sa poche une petite feuille orange représentant une sorcière chaussée de patins – dessinée par mes soins ! On peut y lire l'annonce suivante :

31 octobre
École de patinage L'étincelle blanche
LA NUIT DES PATINS ENSORCELÉS
Envie de frissons ?
D'une fête d'Halloween
vraiment effroyable,
entre apprentis sorciers, squelettes
dansants et fantômes errants ?
NOUS T'ATTENDONS !

Je prends le prospectus et lis à voix haute les quelques lignes écrites en petits caractères sous le texte principal :

– *Le Magic Bus passera te prendre chez toi à 19 heures, et te ramènera avant que minuit sonne...*

Le visage d'Aloysia s'éclaire d'un large sourire :

– Alors, ça change tout !

12. Citrouilles, sorciers et manches à balai

– Dites-moi que c'est un cauchemar : je suis à une fête branchée, pleine de journalistes, et j'ai une tenue affreuse ! gémit Solène dans le vestiaire.

Je soupire :

– Nous sommes toutes habillées comme ça ! C'est le costume de scène de *L'apprenti sorcier* : fuseau, body marron et jupette en paille. Bon, c'est vrai : j'ai déjà dessiné des costumes plus réussis.

Vickie s'approche de moi :

– Disons que cette fois-ci tu as mis ton génie ailleurs…

– Comment ça ?

– C'est toi qui as lancé l'idée de cette fête. S'il y a du monde ce soir, et si les journaux locaux ont parlé de la situation de L'étincelle blanche, c'est grâce à toi.

– Je savais bien que tu avais une mission, ajoute Violette.

Éliette apparaît sur le seuil de la porte :

– Vous êtes prêtes, les filles ?

Elle a coiffé ses cheveux sombres, et porte une élégante petite robe noire.

– Muriel m'a chargée de vous dire bonjour. Ce soir, elle va récolter des bonbons dans le voisinage avec ses copines. Ma sœur les accompagnera.

– Aloysia, Aziz et les autres sont déjà là ? l'interroge Violette.

– Oui, ils sont arrivés. Je leur ai donné les meilleures places.

Elle fait une pause et continue :

– Aziz m'a avoué que c'est lui qui a cassé la vitre de l'école : il a insisté pour en payer une neuve. Je lui ai répondu qu'on en reparlerait quand il sera capitaine de notre équipe de hockey sur glace… Bon, il faut que j'y aille : je dois m'occuper du buffet. À tout à l'heure !

À peine Éliette a-t-elle quitté le vestiaire que Solène s'écrie :

– Un buffet ? Miam ! Et s'il ne reste rien pour nous ?

Je lui réponds en riant :

– Je te rappelle que c'est notre sponsor, le boucher Augustin Chazac, qui a payé la nourriture. À mon avis, il y en aura assez pour tout le monde !

Le buffet a été installé dans le grand atelier de l'ancienne usine de tabac. Après le gala, le public viendra y grignoter quelque chose, et pourra même danser à la lueur des bougies placées dans de grosses citrouilles suspendues au plafond.

Je glisse à l'oreille de Solène :

– Ici, Éliette aimerait construire une piste de hockey…

– Pourquoi ? L'autre piste ne suffit pas ?

– Non, pour le hockey, la glace doit être très dure : ça permet de prendre plus de vitesse.

Accoudées au bar aménagé près du buffet, Déborah et Mme Bonneval sirotent un jus de fruit avec Agathe.

– Les travaux ont commencé alors que plus personne ne s'y attendait, observe notre entraîneur.

– Le maire a dû avoir pitié des enfants du quartier…, commente la mère de Violette.

Déborah ne peut s'empêcher de rire intérieurement.

Agathe nous interpelle :

– Qu'est-ce que vous fabriquez ? Les autres vous attendent sur la piste !

Nous nous faufilons dans le couloir encombré par des dizaines d'enfants et d'ados déguisés en créatures maléfiques. Des adultes curieux se sont joints à eux.

Le bus de la Magic, conduit tour à tour par Max et le mari d'Éliette, fait la navette entre L'étincelle blanche et les maisons des enfants. Les jeunes du quartier se mélangent à ceux des familles fortunées. Pour une nuit d'Halloween, l'ambiance est plutôt joyeuse ! Certains d'entre eux ont même loué des patins pour profiter de la piste lorsque le gala sera fini.

– Ada, regarde là-bas, on dirait Alex, me chuchote Solène.

– Ça m'étonnerait. Je lui avais proposé de venir, mais il ne voulait pas tenir la chandelle à Rebecca et Antoine…

– Ah oui ? Pourtant, qui d'autre peut avoir un T-shirt portant l'inscription : *Je suis un vampire à énergie solaire* ? me rétorque-t-elle.

Je m'approche pour mieux voir : c'est bien Alex, accompagné d'un groupe d'amis.

– Tu as changé d'avis ? je lui demande.

Mon frère semble énervé.

– Ce sont mes copains qui ont insisté pour venir, me répond-il. Moi, je ne tenais pas à aller à une fête avec ma petite sœur et mon ex !

Éliette a pris place dans la tribune. Elle s'adresse au public :

– Je vous remercie d'être venus ce soir. Halloween est la fête des esprits et des sorcières, mais, ici, la magie opère déjà depuis deux mois, depuis que j'ai rencontré Max, Agathe et les enfants de la *Magic Ice School*. En français, cela signifie : L'école de glace magique. Et ce sont en effet de vrais enchanteurs : grâce à eux, L'étincelle blanche brille enfin, et j'ai compris qu'on ne doit jamais cesser de croire à ses rêves !

Un tonnerre d'applaudissements retentit, tandis qu'Éliette serre Agathe et Max dans ses bras.

Le gala s'ouvre avec *L'apprenti sorcier*. Les doubles sauts et les pirouettes de Marius enthousiasment les spectateurs, qui accompagnent la musique en frappant des mains. Nous, les balais, avons beaucoup de succès avec nos chorégraphies synchronisées. Alex a apporté son caméscope : c'est chouette, demain, je pourrai me regarder !

Le spectacle des Aurore est magnifique. Lorsque Rebecca apparaît, Antoine lui tend les mains et l'entraîne dans un enchaînement époustouflant ! Le public, ému, applaudit à tout rompre : le couple d'or est à nouveau réuni !

À la fin du programme, tandis que résonnent encore les ovations, on entend les premières notes de *The Ice Dance*, « leur » musique. Antoine et Rebecca esquissent quelques pas de leur ancien numéro, puis ils entament un tour de piste, suivis des Aurore et des Perce-Neige. Plus que jamais, la magie opère…

– Il faut compter combien de temps pour maîtriser tous ces sauts ? demande Aziz à Marius, tandis que nous quittons la piste.

– Ça dépend, mais toi, je pense que tu apprendras vite : j'ai vu le bond que tu as fait pour sauver Muriel.

– Attention, les Perce-Neige, plaisante Aloysia, bientôt nous viendrons nous entraîner tous les jours à L'étincelle blanche, et au prochain Halloween, vous serez dans les gradins, et nous sur la glace !

Après leur avoir donné rendez-vous au buffet, nous nous dirigeons vers les vestiaires pour retirer nos patins.

– Si je ne change pas de vêtements tout de suite, je sens que je vais hurler ! s'écrie Solène.

Et, en poussant la porte trop brusquement, elle heurte un garçon aux cheveux frisés, qui se retrouve par terre.

– Oh, pardon, s'excuse-t-elle.

Le garçon se relève. Il dépasse Solène d'une bonne quinzaine de centimètres. Pourtant, il ne doit pas avoir plus de quatorze ans. Il sourit :

– Tu n'avais pas besoin de faire ça pour que je te remarque !

Solène rougit. Elle semble beaucoup moins pressée d'aller se changer, maintenant ! Elle s'adosse contre le mur et commence à bavarder.

– Qu'est-ce qu'il est mignon ! me chuchote Violette.

– Oui, mais il me rappelle quelqu'un…

– Ah bon ? Qui ?

La réponse est à quelques mètres de nous. Un monsieur à la carrure imposante, accompagné d'une dame munie d'un carnet, s'avance dans le couloir. François Perron !

– Désormais, mes adversaires ne pourront pas dire que je néglige les quartiers populaires ! s'exclame-t-il.

– Donc, ce soir, vous êtes là en tant que maire ? l'interroge la journaliste.

– Voyez-vous, madame, nous, les serviteurs du peuple, n'aimons pas les mondanités. Mais mon fils a tellement insisté… Vous savez comment sont les jeunes…

– Arrête, papa ! intervient le nouveau copain de Solène.

Incroyable, c'est Méphisto junior ! Derrière le maire apparaissent alors Déborah et Valérie. Dès qu'il aperçoit la mère de Solène, François Perron devient tout pâle et s'arrête en plein milieu d'une phrase. Elle passe près de lui, un grand sourire aux lèvres :

– Votre maire est un as ! Ou mieux encore : un full aux as* ! Vous pouvez l'écrire dans votre article, mademoiselle !

Solène et moi nous faisons un clin d'œil et nous éclatons de rire. Décidément, au bluff, Déborah est la plus forte !

* Au poker, le full aux as est une combinaison de cartes qui apporte beaucoup de points.

Retrouve

Miss Frizz

dans toutes ses aventures !

Tu adores le patinage ?
Découvre une autre aventure de :

Miss Frizz

4. Glace d'été

– Allô, maman ?

– Ada ! Enfin ! Comment ça se passe ? Tu es bien installée ?

– Mieux que ça ! Solène et moi, on a une très belle chambre !

– La nourriture est bonne ? À la montagne, c'est important de se nourrir convenablement, avec ce froid…

– Je ne suis pas partie sur l'Himalaya ! On n'est qu'à 800 mètres d'altitude, et c'est l'été : il fait 25 degrés !

– Et la nuit, tu es assez couverte ?

– Oui, j'ai même trop chaud : on a des grosses couettes…

– C'est malin : tu vas transpirer, puis

prendre froid… J'aurais dû mettre des draps dans ta valise !

– Pourquoi pas un matelas, pendant que tu y es ? Arrête de t'inquiéter !

– Ada, c'est la première fois que tu quittes la maison pour une période aussi longue et… Mais tu as raison. Alors, de quoi ont l'air Tania Kozmina et Boris Blasi ?

– Je ne sais pas, on n'a pas encore rencontré les professeurs ; le stage ne commence que demain.

– N'oublie pas de te faire dédicacer le livre de Tania, *J'ai écrit « amour » sur la glace* : je l'ai glissé dans le grand sac vert.

– Maintenant, je comprends pourquoi il pesait une tonne ! Comment vont Alex et papa ?

– Ton frère est insupportable, il dit que tu as emporté ses plus beaux T-shirts. Et tu manques déjà à ton père, il n'arrête pas de ronchonner. Selon lui, on aurait mieux fait de t'offrir un ordinateur plutôt qu'un stage de patinage pour ton passage en 6e.

– Sacré papa…

– Tu as une drôle de voix… Tu es certaine que ça va ?

– Oui, oui…

– Tu te souviens de ce que je t'ai dit ? Au moindre problème, tu me passes un coup de fil, et je viens immédiatement te chercher.

– Tout va bien. Je t'assure que je m'amuse. Mais ça m'embête de devoir te téléphoner avec le portable de Solène : ici, je suis la seule à ne pas en avoir un à moi…

– On en a déjà parlé : tu es trop jeune pour avoir un portable. Si tu ne veux pas utiliser celui de Solène, tu peux appeler d'un téléphone fixe. Il doit bien y en avoir un dans la pension, non ?

– Oui, au rez-de-chaussée, à côté des toilettes. Si quelqu'un tire la chasse, on n'entend plus rien. Bon, je dois te laisser : Solène a fini de prendre sa douche, et je voudrais me débarbouiller avant le dîner.

– Au revoir, ma chérie. Tu me le dirais s'il y avait un souci ?

–Oui, maman. Bisous à tout le monde, je rappellerai demain.

–Bonne soirée, ma cocotte. Fais attention à toi… et pense à la dédicace…

À peine ai-je raccroché que j'ai envie de rappeler. J'ai envie de lui dire : « J'ai menti, maman, ça ne va pas du tout. Je ne suis arrivée qu'hier soir, et je n'en peux plus. Vous me manquez tous énormément. Ramène-moi à la maison ! »

Mais, je ne peux pas le faire. J'aurais trop honte, après avoir tant insisté pour que mes parents m'inscrivent à ce stage. J'entends déjà leur réponse : « Comment, Ada ? Ce n'est pas ce que tu voulais ? Dix jours avec ta meilleure amie dans un Palais des glaces de contes de fées, au cœur d'un charmant village des Alpes ? Des champions comme Tania Kozmina et Boris Blasi pour professeurs ? Tout pour t'immerger totalement dans l'univers du patinage ? N'est-ce pas toi qui disais : "Qu'importe si je suis loin de ma famille ! Grâce à ce stage, je ferai partie de la grande famille du patinage…" ? »

Et quelle famille…

Un fantôme enroulé dans une serviette traverse la chambre.

– J'avais hâte de retrouver l'eau d'ici ! Avec elle, les cheveux restent doux, même sans après-shampooing ! Rien à voir avec celle de la ville !

– C'est sans doute parce qu'elle est moins dure.

Le joli visage de Solène émerge de la serviette de bain :

– Comment ça, « dure » ? L'eau, c'est toujours liquide, non ?

– « Dure », ça veut dire qu'elle contient beaucoup de calcaire.

– Ah, d'accord…

Je lève les yeux au ciel et cours me glisser sous la douche. Je connais Solène depuis cinq ans. C'est ma meilleure amie : on est tout le temps à côté en classe, et on fait toutes les deux partie du groupe des Perce-Neige de la *Magic Ice School*, notre école de patinage. Et pourtant, je ne comprends toujours pas pourquoi elle s'amuse si souvent à jouer les idiotes.

Je n'ose pas lui dire que c'est à cause d'elle si je n'ai pas le moral. C'est la première fois que je participe à un stage de patinage pendant les vacances, et j'ai un peu de mal à trouver mes marques. Solène, en revanche, vient ici pour la troisième année consécutive. Elle a déjà des copines : des filles à papa qui me regardent de haut. Et mon amie ne fait rien pour les en empêcher. Comme hier après-midi, par exemple.

On venait d'arriver. Marianne, notre monitrice, nous a emmenées voir le Palais des glaces où se déroulera le stage. Toutes les cinq secondes, Solène croisait l'une de ses vieilles connaissances, et elle se mettait à pousser des cris stridents. Ici, toutes les filles semblent faites sur le même moule : blondes, filiformes, et maquillées comme des ados de quinze ans. Elles ont des voix de souris et des noms farfelus.

– Diamantine !

– Solène ! Tu sais que Hermine vient aussi ?

– Oui, mais Aglaé m'a dit qu'elle n'arrive que demain. Et Cassiopée ?

– Qui ça ? Ah, je vois : elle et moi, on ne se parle plus... Je te raconterai si tu veux... Hé, Polissène ! Solène, regarde : Polly est là !

Et ainsi de suite...

Moi, je suis restée là, sans rien dire.

À un moment, Solène, sans doute prise de pitié, s'est tout de même résolue à me présenter à ses amies :

– Voilà Ada.

Elle n'a pas dit « mon amie Ada ». Non, Ada tout court.

Diamantine (ou peut-être Cassiopée ?) m'a regardée comme si j'étais un portemanteau.

– Salut.